少年が見た戦争

戦争がわたしたちを見つめている

宮川健郎──編

戦争文学セレクション

［カバーイラスト］今日マチ子

汐文社

目次《もくじ》

◉夜《よる》……三《み》木《き》卓《たく》……5
◉わたしが一番《いちばん》きれいだったとき……茨木《いばらぎ》のり子《こ》……47
◉春《はる》さきのひょう……杉《すぎ》みき子《こ》……51
◉そして、トンキーもしんだ……たなべまもる……81
◉大《おお》もりいっちょう……長《なが》崎《さき》源《げん》之《の》助《すけ》……99
◉ブッとなる閣《かく》へひり大臣《だいじん》……古《ふる》田《た》足《たる》日《ひ》……109
◉烏《からす》の北斗七星《ほくとしちせい》……宮《みや》沢《ざわ》賢《けん》治《じ》……127
◉赤牛《あかうし》……古《ふる》井《い》由《よし》吉《きち》……143

編者解説《へんじゃかいせつ》❖宮《みや》川《かわ》健《たけ》郎《お》——198

夜
_{よる}

三木卓
_{みきたく}

「それがあなた、原子《げんし》なんですよ。原子破壊《げんしはかい》*ですよ」戦闘帽《せんとうぼう》をかぶった男《おとこ》がいった。向《む》きあって立《た》っている鞄《かばん》を持《も》った男《おとこ》は頷《うなず》いた。薄暗《うすぐら》くて顔《かお》はよく見《み》えなかった。「これは」戦闘帽《せんとうぼう》の男《おとこ》は声《こえ》をひそめていった。「ひょっとするとひょっとしますな」二人《ふたり》は階段《かいだん》に足《あし》をかけたまま動《うご》かなかった。「そう。そうですか」鞄《かばん》を持《も》った男《おとこ》はしばらくうつむいておどろきをこらえているようだったが、やがて顔《かお》をあげるといった。「本当《ほんとう》なら勿論《もちろん》そうでしょうな。理論《りろん》は聞《き》きかじったことがありますけれども」「そういうことなんだそうですね」戦闘帽《せんとうぼう》の男《おとこ》は頷《うなず》いた。「わたしは何《なに》も知《し》りやしませんがね。とにかく信《しん》じられないような数字《すうじ》をいってましたよ」鞄《かばん》を持《も》った男《おとこ》ははじめて笑《わら》いを浮《う》かべた。照《て》れ臭《くさ》そうな笑《わら》

原子破壊《げんしはかい》　1945年《ねん》8月《がつ》6日《か》に広島《ひろしま》に投下《とうか》された原子爆弾《げんしばくだん》のこと。

いだった。「情勢《じょうせい》がこうなると今度《こんど》はあっちの方《ほう》が心配《しんぱい》ですなあ。それじゃ」「じゃ」

停止《ていし》していた映画《えいが》フィルムがまた回転《かいてん》しはじめた時《とき》のように二人《ふたり》は不《ふ》意《い》に動《うご》き出《だ》し、一人《ひとり》は上《うえ》へ、一人《ひとり》は下《した》へと別《わか》れた。階段《かいだん》は日没直後《にちぼつちょくご》の薄暮《はくぼ》の光《ひかり》を、あかりとりの細長《ほそなが》い窓《まど》から浴《あ》びていた。かなり暗《くら》かった。尿《にょう》と黴《かび》の匂《にお》いがした。少年《しょうねん》は四階《よんかい》から五階《ごかい》のあたりをのぼっている戦闘《せんとう》帽《ぼう》の男《おとこ》の跫音《あしおと》を聞《き》いていた。曳《ひ》きずるような響《ひび》きは、上方《じょうほう》に行《い》くにしたがって明《あか》るみの多《おお》く残《のこ》っている階段《かいだん》の空間《くうかん》にこだましていた。どこか投《な》げやりな感《かん》じがした。やがて鉄《てつ》の扉《とびら》が悲鳴《ひめい》をあげて開《ひら》き、閉《と》じるガーンという音《おと》がした。その瞬間《しゅんかん》からまた静寂《せいじゃく》がもどってきた。

少年《しょうねん》はしばらく佇《たたず》んでいたが、やがてコンクリートの階段《かいだん》の手摺《てすり》に抱《だ》きつくように跨《またが》って三階《さんかい》から二階《にかい》へと滑《すべ》り降《お》りた。多少恐《たしょうこわ》いが気分《きぶん》はよかった。本当《ほんとう》は身体《からだ》を逆《ぎゃく》に入《い》れ換《か》え、上体《じょうたい》を起《おこ》して正面《しょうめん》をむいて尻《しり》で滑《すべ》りたい。しかしそれは小学生《しょうがくせい》にはまだ難《むずか》しすぎる。屋上《おくじょう》まであがって、一番下《いちばんした》の階《かい》まですべってみようかと思《おも》ったが、何《なん》となく気《き》がすすまなかった。

いったい何《なん》のはなしだったのだろう？

少年《しょうねん》は首《くび》をかしげた。けだるい*植民地《しょくみんち》の夏休《なつやす》みの夕暮《ゆうぐれ》だった。淡《あわ》い灰《はい》色《いろ》の淀《よど》んだ光《ひかり》が次第《しだい》に濃《こ》くなっていった。今《いま》の戦闘帽《せんとうぼう》の男《おとこ》も鞄《かばん》を持《も》った男《おとこ》も、少年《しょうねん》の父親《ちちおや》が勤務《きんむ》している植民者《しょくみんしゃ》たちのための新聞社《しんぶんしゃ》の社員《しゃいん》だということは少年《しょうねん》も知《し》っていた。かれらは片方《かたほう》が勤務《きんむ》が終《おわ》り、片方《かたほう》がこれから勤務《きんむ》に就《つ》くという時《とき》に階段《かいだん》ですれちがったのだ。ポケットに手《て》をつっこんで中《なか》の*ラムネ玉《だま》をじゃらじゃらと鳴《な》らし、また暫《しばら》く立《た》っていた。脇《わき》の下《した》がじっとりと汗《あせ》ばんでいるのを感《かん》じ、自分《じぶん》がすこし緊張《きんちょう》していることに気《き》づいた。少年《しょうねん》は、二《に》、三度《さんど》跳《と》びはねた。ラムネ玉《だま》がじゃらついた。自分《じぶん》の家《いえ》の鉄扉《てっぴ》の細《ほそ》い隙間《すきま》から*馬鈴薯《ばれいしょ》と玉葱《たまねぎ》を煮《に》る匂《にお》いが漂《ただよ》っ

植民地《しょくみんち》　ある国《くに》から移住《いじゅう》した者《もの》によって経済的《けいざいてき》に開発《かいはつ》され、その国《くに》の新《あたら》しい領土《りょうど》となって本国《ほんごく》に従属《じゅうぞく》する地域《ちいき》。武力《ぶりょく》によって獲得《かくとく》された領土《りょうど》についてもいう。その本国《ほんごく》にとっては、原料《げんりょう》の供給地《きょうきゅうち》、商品市場《しょうひんしじょう》、資《し》本輸出地《ほんゆしゅつち》となり、政治的《せいじてき》に本国《ほんごく》の統治《とうち》を受《う》ける属領《ぞくりょう》となる。ここでは満州国《まんしゅうこく》（中国北東部《ちゅうごくほくとうぶ》）のことを指《さ》す。

ラムネ玉《だま》　ラムネのびんに入《はい》っている、指《ゆび》でつまめる程度《ていど》の大《おお》きさのガラス玉《だま》。ビー玉《だま》のこと。

てきた。階段《かいだん》に腰《こし》を下《おろ》し、目《め》をつぶって匂《にお》いをすいこんだ。人参《にんじん》がはいっているかどうか、かぎわけられるだろうか。だしになるのは鶏肉《とりにく》か、それとも豚肉《ぶたにく》か。おれの鼻《はな》は優秀《ゆうしゅう》なのだ。とくに腹《はら》がへれば、ますます研《と》ぎすまされるのだ。

また跫音《あしおと》がした。目《め》をあけて逆光《ぎゃっこう》の黒《くろ》い人影《ひとかげ》がのぼってくるのを見《み》た。父親《ちちおや》だった。かれは前《まえ》かがみにかがんで、ズボンのポケットに手《て》を入《い》れ、何《なに》かを考《かんが》えこむようにしながら階段《かいだん》を昇《のぼ》って来《き》た。少年《しょうねん》は声《こえ》をかけようとしてためらった。何《なん》となく父親《ちちおや》が他人《たにん》の陰気《いんき》な老人《ろうじん》のように思《おも》われたのだ。しかし、勿論《もちろん》そんなことがあるはずもなかった。「おかえりなさい」少年《しょうねん》はいつものように声《こえ》をかけた。父親《ちちおや》は、「やあ只今《ただいま》」と言葉《ことば》を返《かえ》してはこなかった。かれは一瞬《いっしゅん》眉毛《まゆげ》を吊《つ》り上《あ》げるようにして少年《しょうねん》の方《ほう》を見《み》たが、すぐ陰気《いんき》な眼《め》付《つ》きにもどった。そして扉《とびら》をあけて中《なか》に入《はい》った。

馬鈴薯《ばれいしょ》　じゃがいもの別名《べつめい》。

三木卓

今日《きょう》の大人《おとな》たちはみんな変《へん》だ。少年《しょうねん》は不吉《ふきつ》な予感《よかん》を抱《いだ》きながら父親《ちちおや》のはいっていった扉《とびら》をながめていた。真夏《まなつ》の暑気《しょき》が淀《よど》んでいるのに少年《しょうねん》は肌寒《はだざむ》く、睾丸《こうがん》が縮《ちぢ》み上《あ》がっていくような気分《きぶん》が這《は》いよってくるのを感《かん》じた。少年《しょうねん》は荒々《あらあら》しいコンクリートの壁《かべ》にとりつけてある電灯《でんとう》の紐《ひも》を引《ひ》いてあかりをともした。階段《かいだん》は影《かげ》をともなってそこに浮《う》かび上《あ》がって見《み》えた。

少年《しょうねん》は深《ふか》く一呼吸《ひとこきゅう》すいこみ身体《からだ》にはずみをつけると、一気《いっき》に自分《じぶん》の家《いえ》の扉《とびら》に打《ぶ》ち当《あた》り、ころげこむようにして玄関《げんかん》に入《はい》った。靴《くつ》を馬《うま》が蹴《け》りとばすように脱《ぬ》ぎ捨《す》て、荒々《あらあら》しく台所《だいどころ》にとびこんだ。「今日《きょう》、何《なに》? カレーでしょ。カレーだって思《おも》っているんだけど」

母親《ははおや》は白《しろ》いエプロンをしてガス台《だい》の前《まえ》に立《た》ち、父親《ちちおや》とむかいあっていた。少年《しょうねん》は野菜《やさい》を煮《に》ている大鍋《おおなべ》の火《ひ》が切《き》ってあるのに気《き》づいた。父親《ちちおや》は先刻《せんこく》のままの姿勢《しせい》で無造作《むぞうさ》に突《つ》ったっていた。二人《ふたり》は少年《しょうねん》がはいって来《き》ても一向《いっこう》に関心《かんしん》を示《しめ》さず、ただお互《たが》いに顔《かお》を見合《みあ》っているばかりだった。少年《しょうねん》は用意《ようい》した言葉《ことば》をいってしまい、その次《つぎ》に何《なに》をいったらいいのかわからなくなった。そして、そこに棒《ぼう》のように立《た》ち、二人《ふたり》を見《み》つめていた。

母親《ははおや》は蒼白《そうはく》になって眼《め》を大《おお》きくひらいていた。そしてしきりにエプロンに両手《りょうて》をこすりつけて、手《て》についている汚《よご》れものをとろうとする仕草《しぐさ》を続《つづ》けていた。しかし少年《しょうねん》が見《み》たところでは、手《て》はきれいで何《なん》の汚《よご》れもついていないのだった。「そんな」母親《ははおや》は震《ふる》えを帯《お》びた声《こえ》でいった。「信《しん》じられませんわ。そんな……」「しかし外信《がいしん》*の連中《れんちゅう》は、はっきり聞《き》いたっていうんだ」父親《ちちおや》は確信《かくしん》のこもった声《こえ》でいった。「敵《てき》の大統領《だいとうりょう》が声明《せいめい》を出《だ》したんだ。間違《まちが》いないよ」「そうですか」母親《ははおや》はしきりに自分《じぶん》の胸《むね》のあたりをさわった。「それじゃ、もう……」「いずれちかく、終《お》わりが来《く》るとは思《おも》っていたよ。それがこれさ」「それにしても、恐《おそ》しい……」

外信《がいしん》　外国《がいこく》からの通信《つうしん》。ここでは、外《がい》国《こく》から送《おく》られてくるニュースなどを扱《あつか》う部署《ぶしょ》のことを意味《いみ》する。

　母親《ははおや》は茫然《ぼうぜん》と立《た》っていた。少年《しょうねん》は足《あし》の先《さき》から恐怖《きょうふ》が駆《か》けのぼってくるのを感《かん》じ、壁《かべ》に手《て》を当《あ》てた。少年《しょうねん》はぐっと唾《つば》を飲《の》みこんだ。そして二人《ふたり》の会話《かいわ》の切《き》れ目《め》をとらえてもう一回《いっかい》くりかえした。「母《かあ》さん。晩飯《ばんめし》は、まだ？　カレーだろ。おれもう腹《はら》がへってへって」「あらごめんなさい」母親《ははおや》は明《あか》るい声《こえ》でいった。「すぐ作《つく》るわよ。あっちへ行《い》っていて」「早《はや》くだぜ」母親《ははおや》はガスに点火《てんか》し、大鍋《おおなべ》はまた微《かす》かに鳴《な》りはじめた。父親《ちちおや》は着《き》ているものを脱《ぬ》ぎはじめ、*下穿《したば》きひとつになると台所《だいどころ》の脇《わき》に小《ちい》さくしつらえられた風呂場《ふろば》に入《はい》った。少年《しょうねん》は居間《いま》にはいり、そこで*モールス符号《ふごう》の通信練習《つうしんれんしゅう》をしている中学生《ちゅうがくせい》の兄《あに》のそばに寝《ね》ころがった。兄《あに》は、鉛筆《えんぴつ》を細《ほそ》く切《き》った消《け》しゴムの上《うえ》にのせ、通信機《つうしんき》の*打鍵《だけん》のかわりにして、かなりの速度《そくど》でカタカタと打《う》ちつづけていた。かれはクラスでも、そうとうな*技倆《ぎりょう》の所有者《しょゆうしゃ》で、なんとかトップになろうとしているのだった。

　少年《しょうねん》はポケットからラムネ玉《だま》をとり出《だ》し、そのうちの一《ひと》つを畳《たたみ》の合《あ》わ

下穿《したば》き　腰《こし》から下《した》にはく下着《したぎ》。

モールス符号《ふごう》　アメリカのS＝F＝B＝モースが考案《こうあん》した通信符号《つうしんふごう》。長短《ちょうたん》2種《しゅ》の符号《ふごう》の組《く》み合《あ》わせでアルファベット、五十音《ごじゅうおん》などを表《あら》わす。電鍵《でんけん》とよばれる、ばね付《つ》きの押《お》しボタンで電気回路《でんきかいろ》を閉《と》じたり開《ひら》いたりして電流《でんりゅう》を断続《だんぞく》させる装置《そうち》を使《つか》い、発信《はっしん》された電流《でんりゅう》の断続《だんぞく》などによる信号《しんごう》を音《おと》に換《か》えて、通信士《つうしんし》が聞《き》き分《わ》けて受信《じゅしん》する。短《みじか》い符号《ふごう》を「トン」、長《なが》い符号《ふごう》を「ツー」と称《しょう》するところか

せ目《め》に置《お》き、遠《とお》くからもう一発《いっぱつ》で狙《ねら》った。しかし畳《たたみ》がところどころ膨《ふく》らんでいるので、ラムネ玉《だま》は不自然《ふしぜん》な曲線《きょくせん》を描《えが》いて動《うご》き、なかなか当《あた》らないのだった。「ねえ、兄《にい》さん」少年《しょうねん》は畳《たたみ》の上《うえ》にうつ伏《ぶ》せになり、片目《かため》でラムネ玉《だま》を狙《ねら》いながらいった。「げんしはかいって何《なに》？ 教《おし》えてよ」「げんしはかい？」兄《あに》は眉《まゆ》をひそめた。「何《なん》のことだ、それは。おれは聞《き》いたこともないぞ」「……」「原始人《げんしじん》の原始《げんし》か？」「さあ、それがわかれば苦労《くろう》しないんだけれど」「いったい何《なん》の話《はなし》だ。早《はや》くいえ」兄《あに》は苛々《いらいら》しながらいった。少年《しょうねん》は階段《かいだん》での話《はなし》をした。「よくわからねえな」兄《あに》がいった。「なんだろう、それは」

窓《まど》の下《した》は*電車道《でんしゃみち》だった。まだざわめいていたが、すでに濃藍色《のうらんしょく》の夜《よる》の光《ひかり》があふれていた。少年《しょうねん》はラムネ玉《だま》を発射《はっしゃ》し、玉《たま》はやはり不自然《ふしぜん》な曲線《きょくせん》をえがきながら逸《そ》れた。兄《あに》は、また一心《いっしん》に鉛筆《えんぴつ》のキーを叩《たた》きはじめた。

「ひょっとすると、ひょっとしますな、か」ふと手《て》を止《と》めると兄《あに》が呟《つぶや》い

ら「トンツー」ともいう。

打鍵《だけん》　モールス通信《つうしん》を行《おこな》う際《さい》に使《つか》う電《でん》鍵《けん》とよばれるボタンを押《お》すこと。

技倆《ぎりょう》　ある物事《ものごと》を行《おこな》う能力《のうりょく》。腕前《うでまえ》。

電車道《でんしゃみち》　路面電車《ろめんでんしゃ》の線路《せんろ》が敷《し》かれている道路《どうろ》。

た。「そうなんだ」少年《しょうねん》はいった。「それに、おやじとおふくろ、すこし態度《たいど》がおかしいんだ」「ふん」兄《あに》は首《くび》を振《ふ》った。

浴衣《ゆかた》に着換《きか》えた父親《ちちおや》がはいってきた。かれは扇風機《せんぷうき》を自分《じぶん》の方《ほう》に向《む》けて、噴《ふ》き出《だ》してくる汗《あせ》を切《き》りながら、「おい兄《にい》ちゃん」と兄《あに》を呼《よ》んだ。そのいい方《かた》は、何《なに》かにつまずいたようにぎこちなかった。「今日《きょう》は*動員《どういん》で行《い》かなかったのか」「また身体《からだ》がだるいものだから」兄《あに》が言《い》いわけがましくいった。「*黄疸《おうだん》がぶりかえしたらしくて」「そう」父親《ちちおや》はうなずいた。「例《れい》の新型爆弾《しんがたばくだん》のことなんだがな」父親《ちちおや》は胡座《あぐら》をかいたまま胸《むね》を大《おお》きくはだけた。しかし湯上《ゆあ》りなのにくつろいだ様子《ようす》はなかった。かれは固《かた》いものを呑《の》みこむように唾《つば》を呑《の》んだ。そしていった。「原子破壊《げんしはかい》だ」

「え？」

少年《しょうねん》と兄《あに》が同時《どうじ》に顔《かお》をあげた。「原子破壊《げんしはかい》」「そうなんだ。アトムだ」

父親《ちちおや》は頷《うなず》いた。「こいつが一発《いっぱつ》おちたら、都会《とかい》が一《ひと》つ、溶《と》けてしまった。

動員《どういん》　戦争遂行《せんそうすいこう》のために、国内《こくない》の資《し》源《げん》・工場《こうじょう》・人員《じんいん》などを政府《せいふ》の管理下《かんりか》におくこと。第二次世界大戦中《だいにじせかいたいせんちゅう》は、中等学校以上《ちゅうとうがっこういじょう》の学生《がくせい》・生徒《せいと》が労働《ろうどう》力《りょく》不足《ぶそく》を補《おぎな》うために工場《こうじょう》などで強《きょう》制的《せいてき》に労働《ろうどう》させられた。

黄疸《おうだん》　皮膚《ひふ》や粘膜《ねんまく》などが黄色《きいろ》くなる状《じょう》態《たい》。胆《たん》のう・肝臓《かんぞう》の病気《びょうき》、赤血球《せっけっきゅう》が多量《たりょう》に破壊《はかい》される病気《びょうき》などで起《お》こる。

幾十万《いくじゅうまん》もの人間《にんげん》も一緒《いっしょ》にな」「え?」「なんでもTNT*火薬《かやく》二万《にまん》トンに匹敵《ひってき》するということだ」少年《しょうねん》も兄《あに》も、息《いき》をのんでこぶしを握《にぎ》りしめた。本当《ほんとう》だろうか? 「いままでの爆弾《ばくだん》とは全然《ぜんぜん》ちがう。なにしろ原子破壊《げんしはかい》なんだから」「もう発表《はっぴょう》になったのですか」兄《あに》がたずねた。「いいや。外《がい》信《しん》の連中《れんちゅう》の話《はなし》だ」父親《ちちおや》がいった。もはや疑《うたが》う余地《よち》はなかった。「原子破《げんしは》壊《かい》」兄《あに》がうつろな声《こえ》で繰返《くりかえ》した。「いったい、どういうことですか」「おれにはわからんよ。おれは学校出《がっこうで》じゃないからな」父親《ちちおや》は仕方《しかた》なさそうに笑《わら》った。

原子《げんし》が物質《ぶっしつ》の最小単位《さいしょうたんい》であることは少年《しょうねん》も知《し》っていた。その原子《げんし》までも破壊《はかい》してしまおうという爆弾《ばくだん》なのだろうか? 人間《にんげん》も建造物《けんぞうぶつ》も兵器《へいき》も街路樹《がいろじゅ》も、その根柢《こんてい》から、原子《げんし》にまでさかのぼって亡《ほろ》ぼしてしまう爆《ばく》弾《だん》なのだろうか? そうだとすれば、本当《ほんとう》に何《なに》もかもなくなってしまうにちがいない。そんなに徹底的《てっていてき》に毀《こわ》す必要《ひつよう》があるのだろうか。それには

TNT火薬《かやく》　第二次世界大戦中《だいにじせかいたいせんちゅう》に使《つか》われた高性能爆薬《こうせいのうばくやく》。TNTはトリニトロトルエンの略称《りゃくしょう》。

いったい、どんな火薬《かやく》を使《つか》うのだろうか？

「一発《いっぱつ》だ。たった一発《いっぱつ》」父親《ちちおや》の声《こえ》がした。「おそろしいことだよ」兄《あに》が溜息《ためいき》を吐《つ》いた。「そうすると、われわれはどうなりますか。父《とう》さん」「そうだな。わが方《ほう》には、制海権《せいかいけん》*も制空権《せいくうけん》もないんだから、喰《く》いとめようもないな」「父《とう》さん」兄《あに》がいった。「何《なん》とか頑張《がんば》る術《すべ》はないのでしょうか。これではあまりに口惜《くや》しいではありませんか」「そうだな。あればいいな」父親《ちちおや》は張《は》りのない声《こえ》でいった。

重苦《おもくる》しい夜《よる》が更《ふ》けていった。父親《ちちおや》と母親《ははおや》は書斎《しょさい》に入《はい》ったなり出《で》てこなかった。少年《しょうねん》と兄《あに》は寝床《ねどこ》に入《はい》り、横《よこ》になったが寝《ね》つけなかった。奥《おく》の祖《そ》父母《ふぼ》がいる部屋《へや》からは、いつまでも痰《たん》の切《き》れない気管支《きかんし》の咳《せき》がひびいて来《き》た。あれは祖母《そぼ》の咳《せき》だが、あの人々《ひとびと》は今日《きょう》のこの悪《わる》い知《し》らせをどう聞《き》いたのだろうか。食卓《しょくたく》についている時《とき》も時々《ときどき》顔《かお》を見合《みあ》わせてはいたが、表情《ひょうじょう》ひとつ動《うご》かさず、黙々《もくもく》とカレーライスを食《た》べていた。あの二人《ふたり》が

制海権《せいかいけん》も制空権《せいくうけん》も　自国《じこく》の必要《ひつよう》とする海域《かいいき》や空域《くういき》を、敵《てき》に妨害《ぼうがい》されることなく自由《じゆう》に使用《しよう》することができる権力《けんりょく》。敵《てき》に妨害《ぼうがい》されることなく自由《じゆう》な作戦行動《さくせんこうどう》ができるため、戦勝《せんしょう》のための必要《ひつよう》な条件《じょうけん》とされた。

何《なに》を考《かんが》えているのかは、全《まった》く判《わか》らない。しかし、深夜《しんや》にひびく気管支《きかんし》の喘鳴《ぜんめい》*はひどく悲《かな》しく、少年《しょうねん》はつとめて聞《き》くまいとした。これで戦《たたか》いが終《おわ》るとしたらどうなるのだろう？　男《おとこ》は皆殺《みなごろ》しで、女《おんな》はみんなあいつらの妾《めかけ》*になるのだろうか？　学校《がっこう》でも、雑誌《ざっし》を見《み》てもそれに近《ちか》いことがいわれていた。それなら、最後《さいご》までたたかって死《し》んだ方《ほう》がいいのではないか？　少年《しょうねん》は幾度《いくど》か寝返《ねがえ》りを打《う》ち不安《ふあん》を抱《いだ》きながらやっと眠《ねむ》りに墜《お》ちた。

電話《でんわ》が鳴《な》りつづけた。少年《しょうねん》は夢《ゆめ》の中《なか》で聞《き》いていた。うるさい。早《はや》くだれか出《で》てくれ。しかし電話《でんわ》は鳴《な》りつづけた。それは遠《とお》いクリーム色《いろ》の波《なみ》の彼方《かなた》から聞《きこ》えてきたが、段々《だんだん》と接近《せっきん》して来《き》た。少年《しょうねん》は目覚《めざ》めはじめたのだ。殆《ほとん》ど目《め》をあけかけた時《とき》、受話器《じゅわき》がとられた。「何《なに》？　ああ、うん。何《なん》だって？」父親《ちちおや》の声《こえ》が急《きゅう》に高《たか》くなった。「そう。そう。そう。そうか。

喘鳴《ぜんめい》　ぜいぜい、ひゅうひゅうという呼吸音《こきゅうおん》。
妾《めかけ》　正妻《せいさい》のほかに、愛《あい》し養《やしな》う女性《じょせい》。

いや、そうなるかと思《おも》ってはいたんだが。心配《しんぱい》していた通《とお》りになったな」その声《こえ》はますます高《たか》くなり震《ふる》えを帯《お》びていた。何《なに》かまた事《こと》が起《おこ》ったのだ。少年《しょうねん》は兄《あに》の方《ほう》を見《み》た。すると、既《すで》に兄《あに》も眼《め》をさましていて、天《てん》井《じょう》をじっと見《み》つめながら一語《いちご》も聞《き》き洩《も》らすまいとしているのだった。

「今《いま》、いったい何時頃《なんじごろ》だ。よしわかった。とにかく行《い》こう」それから受《じゅ》話器《わき》が置《お》かれる音《おと》がした。少年《しょうねん》も反射的《はんしゃてき》に時計《とけい》を見《み》た。午前一時半《ごぜんいちじはん》を少《すこ》しまわっていた。また原子破壊《げんしはかい》だろうか。父親《ちちおや》の声《こえ》には驚愕《きょうがく》だけではなく、恐怖《きょうふ》もまたこもっているように思《おも》われた。あたりは気味《きみ》が悪《わる》いほどの静寂《せいじゃく》だった。

「おい」いきなり唐紙《からかみ》*が大《おお》きくあけられ、光《ひかり》が眩《まぶ》しくさしこんで来《き》た。

「二人《ふたり》とも起《お》きろ。起《お》きてこっちへこい」その声《こえ》とともに二人《ふたり》ははね起《お》きた。そして目《め》の前《まえ》に仁王立《におうだ》ちになっている父親《ちちおや》がいるのを見《み》た。かれは少年《しょうねん》がいままでに見《み》たこともないような峻《けわ》しい顔《かお》をして、拳《こぶし》を握《にぎ》

唐紙《からかみ》　ここでは唐紙障子《からかみしょうじ》のこと。唐《から》紙《かみ》とは中国《ちゅうごく》から伝《つた》わった紙《かみ》を模《も》して作《つく》った紙《かみ》。

りしめていた。「二人《ふたり》とも、そこへすわれ」二人《ふたり》はいわれた通《とお》りにした。「母《かあ》さんもすわってくれ」母親《ははおや》もすわり、植民者《しょくみんしゃ》の家族《かぞく》があつまった。何時《いつ》ものように母親《ははおや》の両親《りょうしん》である祖父母《そふぼ》を、かれは全《まった》く無視《むし》した。「大《たい》変《へん》なことが起《おこ》った」かれはいった。「おまえたちも、もうこども扱《あつか》いはしていられない。しっかり聞《き》け」「大丈夫《だいじょうぶ》です」兄《あに》がいった。父親《ちちおや》は頷《うなず》いた。

「今《いま》から三十分位前《さんじっぷんくらいまえ》だ。北方《ほっぽう》の国境《こっきょう》が数《すう》カ所《しょ》にわたって破《やぶ》られた。奴《やつ》等《ら》は戦車《せんしゃ》を先頭《せんとう》にたてて雪崩《なだれ》のような進撃《しんげき》を開始《かいし》している。手《て》のつけようがないのだ」「何《なん》ですって！」兄《あに》が叫《さけ》んだ。「だってわれわれとかれらのあいだには中立条約《ちゅうりつじょうやく》があるじゃありませんか。そんな馬鹿《ばか》な」「まあ、そういえばそうだな」父親《ちちおや》は苦笑《くしょう》した。「しかし、奴等《やつら》はもう中立《ちゅうりつ》条約《じょうやく》の更改《こうかい》はしない、といっていたし、こうなってくれば条約《じょうやく》も糞《くそ》もあるまい。喧嘩《けんか》にはルールはないからな」「しかし」兄《あに》は声変《こえがわ》りしてから潰《つぶ》れたようになった声《こえ》でいった。「われわれは正々堂々《せいせいどうどう》と名乗《なの》りをあげて戦《たたか》います。信義《しんぎ》を重《おも》んじます。いったい何《なん》です。弱味《よわみ》につけこんで」「それが政治《せいじ》さ」父親《ちちおや》がいった。「おれたちの国《くに》だって同《おな》じようなもんだったよ」

四人《よにん》は黙《だま》った。深夜《しんや》の静寂《せいじゃく》の奥《おく》の方《ほう》から爆音《ばくおん》がとどろきはじめた。それは次第《しだい》に大《おお》きくなり、頭上《ずじょう》を通過《つうか》した。それを聞《き》いているうちに兄《あに》の顔《かお》がひきしまってきた。「この爆音《ばくおん》は、わが方《ほう》のじゃない」そう呟《つぶや》くと窓《まど》に走《はし》りよって窓外《そうがい》の空《そら》を見《み》た。少年《しょうねん》も釣《つ》られるように走《はし》った。しかし空《そら》は暗《くら》くて何《なに》も見《み》えなかった。「奴等《やつら》です」兄《あに》がふりむくと父親《ちちおや》にむかって断定的《だんていてき》にいった。「奴等《やつら》がもう来《き》ているんです。迎撃機《げいげきき》*は何《なに》をしているんだ」兄《あに》は苛々《いらいら》して怒鳴《どな》った。「父《とう》さん。飛行機《ひこうき》もそうだが、国《こっ》境防衛軍《きょうぼうえいぐん》はどうしたんです。何《なに》しているんです。国軍《こくぐん》は駄目《だめ》だが、われわれの精鋭《せいえい》とうたわれた国境防衛軍《こっきょうぼうえいぐん》はどこにいるんです」

迎撃機《げいげきき》　攻《せ》めてくる相手《あいて》を迎《むか》え撃《う》つ戦《せん》闘機《とうき》。

「そうだな」父親《ちちおや》は従順《じゅうじゅん》にうなずいていった。「本当《ほんとう》に何《なに》をしているんだろう」それから気味《きみ》の悪《わる》い笑《わら》い方《かた》をした。「多分《たぶん》な、国境防衛軍《こっきょうぼうえいぐん》はいないんだ」「いない？」兄《あに》が唖然《あぜん》として聞《き》きかえした。「どうやらみんな、南方《なんぽう》へ持《も》っていかれているらしい」「本当《ほんとう》ですか」「父《とう》さんは新聞社《しんぶんしゃ》に勤《つと》めている人間《にんげん》だよ」兄《あに》は唇《くちびる》を震《ふる》わせて何《なに》かいおうとしたが、なかなか声《こえ》が出《で》なかった。父親《ちちおや》は優《やさ》しさのこもったまなざしでじっと息子《むすこ》を見《み》つめていた。

「それじゃあ」兄《あに》はやっといった。「だれが奴等《やつら》を喰《く》いとめるんです」「だれも喰《く》いとめやしないだろう。今《いま》の国境防衛軍《こっきょうぼうえいぐん》には、奴等《やつら》の火力《かりょく》に対抗《たいこう》する力《ちから》など全然《ぜんぜん》ありはしないのだから」「北部《ほくぶ》のわが*開拓民《かいたくみん》はどうなります。鉄道《てつどう》は、都市《とし》はどうなるんです」「それは奴等《やつら》がきめることさ」「………」「そうさ。もう、そんな段階《だんかい》まで来《き》ていたんだよ。われわれの戦争《せんそう》は」「信《しん》じられません」「そうだろうな。父《とう》さんも、今《いま》までは、

開拓民《かいたくみん》　山林《さんりん》・原野《げんや》などを切《き》り開《ひら》いて田畑《たはた》や居住地《きょじゅうち》・道路《どうろ》をつくる人《ひと》のこと。日本《にほん》は1931年《ねん》の満州事変後《まんしゅうじへんご》から本格的《ほんかくてき》に、満州国《まんしゅうこく》へ開拓民《かいたくみん》として移民《いみん》を送《おく》り出《だ》した。目的《もくてき》は、当《とう》時《じ》起《お》こった昭和恐慌《しょうわきょうこう》により疲弊《ひへい》していた農村経済《のうそんけいざい》の立《た》て直《なお》しや食糧《しょくりょう》の増産《ぞうさん》、さらに旧《きゅう》ソ連《れん》との国境防衛《こっきょうぼうえい》という軍事的《ぐんじてき》な目的《もくてき》もあった。

お前《まえ》たちにそんな話《はなし》はしたことがなかったからな」

会話《かいわ》は途切《とぎ》れた。爆音《ばくおん》は首都《しゅと》の上空《じょうくう》をゆっくりと旋回《せんかい》していた。それは遠《とお》くなったかと思《おも》えば、また接近《せっきん》して来《き》た。空爆《くうばく》はないのだろうか。あるいは偵察《ていさつ》だけなのだろうか。それとも兄《あに》の観察《かんさつ》が誤《あやま》っていたのだろうか。「とにかく」父親《ちちおや》はいった。「おれは社《しゃ》に行《い》ってくるからな。何《なに》があっても困《こま》らないようにしておけ。ひょっとすると」父親《ちちおや》は声《こえ》を落《おと》した。「どこか移動《いどう》することになるかもしれん。それから兄《にい》ちゃん」父親《ちちおや》は兄《あに》を呼《よ》んだ。「これからは、いろいろなことは君《きみ》と相談《そうだん》しながらやっていく。もう昔《むかし》なら一人前《いちにんまえ》なんだからな。元服《げんぷく》*しているの年頃《としごろ》だ。もし」そういいかけて、かれは一寸唾液《ちょっとだえき》を飲《の》みこんだ。「もし、万一《まんいち》のことがあったら、この家《いえ》の行動《こうどう》の判断《はんだん》は君《きみ》がやることになる。勿論《もちろん》かあさんと相談《そうだん》しながらだが」「わかりました。頑張《がんば》ります」兄《あに》は高揚《こうよう》した声《こえ》でいった。

元服《げんぷく》 男子《だんし》が成人《せいじん》になったことを示《しめ》す儀式《ぎしき》。11〜16歳《さい》の間《あいだ》に行《おこな》われたという。

父親《ちちおや》はそういいながらも手早《てばや》く着換《きか》えていた。三人《さんにん》の家族《かぞく》は玄関《げんかん》まで出《で》、父親《ちちおや》の靴音《くつおと》が階段《かいだん》を降《お》りていくのを聞《き》いていた。やがて全《まった》く聞《きこ》えなくなった。兄《あに》と弟《おとうと》は部屋《へや》へもどったが、いくら待《ま》っていても母親《ははおや》が入《はい》ってこない。不審《ふしん》に思《おも》って二人《ふたり》が戻《もど》ってみると、さっき出掛《でか》けていった父《ちち》親《おや》を見送《みおく》ったままの姿勢《しせい》で母親《ははおや》が立《た》っているのだった。「母《かあ》さん。こっちへおいでよ」少年《しょうねん》が呼《よ》びかけたが彼女《かのじょ》は振《ふ》りかえらない。「母《かあ》さん」もう一度《いちど》呼《よ》びかけたが、彼女《かのじょ》は化石《かせき》になったように同《おな》じ姿勢《しせい》を保《たも》ち続《つづ》けていた。少年《しょうねん》は仕方《しかた》なく前《まえ》へまわってみた。彼女《かのじょ》は蒼白《そうはく》になっていて、少年《しょうねん》を見《み》るとぎこちなく微笑《びしょう》した。そして手《て》を伸《の》ばして壁《かべ》にさわろうとした。

しかし壁《かべ》は目測《もくそく》より少《すこ》し遠《とお》かった。手《て》は流《なが》れて身体《からだ》はぐらりと傾《かたむ》いた。彼女《かのじょ》は壁《かべ》に身《み》をもたせかけて身体《からだ》を支《ささ》えようとしたが、足《あし》がいうことをきかなかったのだ。「まあ。だらしないわね」彼女《かのじょ》はそう呟《つぶや》くときまり悪《わる》そうに笑《わら》い、しゃがみこんだ。兄《あに》が近《ちか》づいていき、母親《ははおや》の両《りょう》の腋《わき》の下《した》に手《て》を入《い》れて立《た》たせた。「母《かあ》さん」かれはとても優《やさ》しい声《こえ》でいった。「ぼくらがついてますよ。父《とう》さんとぼくらがいて、こわいことなんかありませんよ」「そうよ。わかってるわ」母親《ははおや》は息子《むすこ》と肩《かた》を組《く》むようにして居間《いま》へはいった。

母親《ははおや》が乱《みだ》れを見《み》せたのはその一瞬《いっしゅん》だけだった。彼女《かのじょ》は襖《ふすま》の隙間《すきま》から事《こと》の成行《なりゆき》を覗《のぞ》き見《み》していた祖父母《そふぼ》に手短《てみじ》かに事情《じじょう》を説明《せつめい》し、持《も》って逃《に》げられるだけのものをまとめるように指示《しじ》した。「どこへ行《い》くっていったって」祖母《そぼ》はいった。「だれかがおぶってでもくれなけりゃ、あたしは逃《に》げられないよ。この足《あし》だもの」「そんなことといっている時《とき》じゃないのよ」母親《ははおや》はいった。「這《は》ったって逃《に》げなくちゃならなくなるかもしれないわよ」「おれが背負《せお》うよ」祖父《そふ》がいった。

母親《ははおや》は台所《だいどころ》へ行《い》き、大釜《おおがま》にいっぱい米《こめ》を磨《と》ぎはじめた。庖丁《ほうちょう》が野菜《やさい》を乱切《らんぎ》りする響《ひび》きがし、音《おと》は深夜《しんや》のアパートにこだました。その音《おと》が途絶《とだ》えると母親《ははおや》が居間《いま》へ顔《かお》を出《だ》し、兄《あに》に対《たい》して重要書類《じゅうようしょるい》や預金通帳《よきんつうちょう》や現金《げんきん》の有《あ》り場所《ばしょ》を教《おし》え、それをひとまとめにして、すぐ点検《てんけん》できるようにするよう、指示《しじ》を与《あた》えた。兄《あに》は立《た》ち上《あ》がり、納戸《なんど》*をあけてリュックサックをとり出《だ》した。休日《きゅうじつ》などに一家《いっか》でハイキングに行《い》くときのためのものだった。かれはそれを一列《いちれつ》にならべ、箪笥《たんす》の中《なか》の下着類《したぎるい》を選《えら》んでは、個人別《こじんべつ》に入《い》れていった。それを見《み》ていると、今恐《いまおそ》ろしい生死《せいし》のかかっている事態《じたい》が進行《しんこう》しているのではなくて、明日《あす》の朝早《あさはや》く家中《かちゅう》そろってキャンプに出《で》掛《か》けるところなのではあるまいか、という気分《きぶん》が少年《しょうねん》に起《おこ》って来《き》た。何《い》時《つ》ものように、と少年《しょうねん》は思《おも》った。そう。何時《いつ》ものようにだ。すると眼《め》が熱《あつ》くなった。少年《しょうねん》は首《くび》をふり、それをこらえた。

野菜《やさい》の乱切《らんぎ》りの音《おと》がまたけたたましく深夜《しんや》の台所《だいどころ》でひびいた。兄《あに》は有《ゆう》*価証券《かしょうけん》や生命保険《せいめいほけん》の証書《しょうしょ》、預金証書《よきんしょうしょ》、預金通帳《よきんつうちょう》、カメラ、母親《ははおや》の装《そう》

納戸《なんど》　衣服《いふく》や日常的《にちじょうてき》に用《もち》いる道具類《どうぐるい》などを収納《しゅうのう》する部屋《へや》。一般《いっぱん》には屋内《おくない》の物置部屋《ものおきべや》をいう。

有価証券《ゆうかしょうけん》　財産権《ざいさんけん》を表《あら》わす証券《しょうけん》で、権利《けんり》を行使《こうし》したり、移転《いてん》したりするには証券《しょうけん》によってしなければならない。株券《かぶけん》や債券《さいけん》、小切手《こぎって》など。

飾具箱《しょくぐばこ》などをならべ、母親《ははおや》のメモをチェックした。少年《しょうねん》は勉強部屋《べんきょうべや》に入《はい》り、何《なに》を持《も》っていくべきか考《かんが》えた。教科書《きょうかしょ》と筆記用具《ひっきようぐ》。そしてそろばん。磁石《じしゃく》と双眼鏡《そうがんきょう》。切《き》り出《だ》しナイフ。水筒《すいとう》。釣針《つりばり》も必要《ひつよう》だ。懐中電灯《かいちゅうでんとう》とロープ。砂時計《すなどけい》はどうだろうか？　計算尺《けいさんじゃく》*（かれはまだ使《つか》い方《かた》を知《し》らなかった）は不要《ふよう》だろうか？　オートバイ用《よう》の風防眼鏡《ふうぼうめがね》は持《も》っていくのだ。それから手製《てせい》の木彫《きぼり》の戦闘機模型《せんとうきもけい》。かれはあれこれ思《おも》い悩《なや》んだ末《すえ》、大切《たいせつ》だと思《おも》われるものだけをハンカチで包《つつ》み、自分《じぶん》のリュックサックに入《い》れた。兄《あに》はハンカチからはみ出《だ》しているものを覗《のぞ》き見《み》し、軽蔑《けいべつ》したように鼻《はな》で笑《わら》った。その態度《たいど》はわざと大人《おとな》を演《えん》じているようだった。少年《しょうねん》は口惜《くや》しさに頰《ほお》が燃《も》えるのをおぼえた。

台所《だいどころ》から飯《めし》の炊汁《たきじる》が吹《ふ》きこぼれる匂《にお》いが漂《ただよ》って来《き》た。兄《あに》は、母親《ははおや》と連絡《れんらく》をとりあいながらほぼ荷物《にもつ》を完成《かんせい》した。かれは大《おお》きな溜息《ためいき》を吐《つ》き、少年《しょうねん》は腹這《はらば》いになってその兄《あに》をながめていた。いまはもう二時半《にじはん》をまわっ

計算尺《けいさんじゃく》　計算器具《けいさんきぐ》の一《ひと》つ。2種類《しゅるい》のものさしからなり、一方《いっぽう》をすべらせて目盛《めも》りを合《あ》わせることで値《あたい》を求《もと》める。乗法《じょうほう》、除法《じょほう》、開平《かいへい》（平方根《へいほうこん》）、開立《かいりゅう》（立方根《りっぽうこん》）などの計算結果《けいさんけっか》の近《きん》似値《じち》を簡単《かんたん》に求《もと》めることができる。

ていた。兄《あに》は立《た》ち上《あ》がると伸《の》びをしたが、ふいにその手《て》を止《と》めると何《なに》かに注意《ちゅうい》を集中《しゅうちゅう》した様子《ようす》をみせた。かれの眼《め》は細《ほそ》くなり、首《くび》は微《かす》かに傾《かたむ》いた。何《なん》だろう？　「おい」兄《あに》がそのままの姿勢《しせい》でいった。「聞《きこ》えるか？　聞《きこ》えるだろう？」少年《しょうねん》は一心《いっしん》に聴力《ちょうりょく》に神経《しんけい》を集中《しゅうちゅう》して聞《き》きとろうとした。しかし少年《しょうねん》にはまだ兄《あに》のいっている意味《いみ》が掴《つか》めなかった。いったい何《なん》だろう？　「わからんのか」兄《あに》が苛々《いらいら》しながらいった。「このアパートだ。アパート全部《ぜんぶ》がざわめいているぞ。みんな起《お》きているんだ」

少年《しょうねん》の顔《かお》はひきしまった。兄《あに》のいう通《とお》りだった。深夜《しんや》の三時《さんじ》だというのに、このアパートは昼《ひる》の活気《かっき》を蘇《よみがえ》らせていた。数多《かずおお》くの人《ひと》の動作《どうさ》、声《こえ》、器物《きぶつ》の触《ふ》れ合《あ》う音《おと》——それらが複雑《ふくざつ》に入《い》りまじり、コンクリートの建造物全体《けんぞうぶつぜんたい》にこだましているのだった。少年《しょうねん》は跳《は》ねるようにして部屋《へや》をとび出《だ》すと玄関《げんかん》の鉄扉《てっぴ》をあけ階段《かいだん》に首《くび》を突《つ》き出《だ》した。今《いま》やアパートのざわめきは一層生々《いっそうなまなま》しく、はっきりと少年《しょうねん》の耳朶《じだ》*を打《う》った。ひっきりなし

耳朶《じだ》　みみたぶ。耳《みみ》。耳朶《じだ》を打《う》つとは強《つよ》く耳《みみ》に響《ひび》くという意味《いみ》。

に玄関《げんかん》のドアが開《ひら》いたり閉《と》じたりし、早口《はやくち》に、声高《こわだか》に喋《しゃべ》る男《おとこ》たちの声《こえ》がはねかえっていた。どこかの階《かい》で茶碗《ちゃわん》が一挙《いっきょ》に割《わ》れ、女《おんな》が悲鳴《ひめい》をあげた。少年《しょうねん》は階段《かいだん》を駆《か》け降《お》り、外《そと》へ出《で》ると建物《たてもの》を見上《みあ》げた。するとどうだろう。何時《いつ》もならこの時刻《じこく》には真暗《まっくら》な窓《まど》がならんで闇《やみ》の中《なか》に沈《しず》んでいるはずの建物《たてもの》のあちこちに今夜《こんや》は光《ひかり》の裂目《さけめ》が出来《でき》ているのだった。*灯火管制用《とうかかんせいよう》の黒幕《くろまく》が引《ひ》いてあるので、光《ひかり》は派手《はで》に洩《も》れはしなかったが、時《とき》にはあけ放《はな》したまま煌々《こうこう》と輝《かがや》いている窓《まど》もあった。あきらかに人々《ひとびと》は*狼狽《ろうばい》しているのだ。少年《しょうねん》は、光《ひか》っている窓《まど》をみつめているうちに、今《いま》やこの建物《たてもの》の人々《ひとびと》が一人残《ひとりのこ》らず目覚《めざ》めていることがはっきりとわかった。

いや、それはこの建物《たてもの》だけではない。横丁《よこちょう》を不意《ふい》にまがって、何処《どこ》へ行《い》くのか物凄《ものすご》いスピードで駆《か》け去《さ》っていく男《おとこ》がいた。バケツが坂《さか》をころがっていったが止《と》める者《もの》はいなかった。風《かぜ》が吹《ふ》くといつもの夜《よる》と同《おな》じように木々《きぎ》は揺《ゆ》れた。しかし周囲《しゅうい》のざわめきが大《おお》きいので葉《は》ずれの音《おと》は聞《きこ》

灯火管制《とうかかんせい》　敵《てき》の空襲《くうしゅう》に備《そな》えて灯《あか》りを隠《かく》させること

狼狽《ろうばい》　思《おも》いがけない出来事《できごと》にあわてふためくこと。

えなかった。少年《しょうねん》は犬《いぬ》が塵芥箱《じんかいばこ》*に首《くび》をつっこんで餌《えさ》をあさっているのを見《み》た。

報道《ほうどう》はすでに疾風《しっぷう》が駆《か》けぬけるように全市《ぜんし》に伝《つた》わったのだ。少年《しょうねん》は身《み》をひるがえすと階段《かいだん》を駆《か》けのぼった。手摺《てすり》にしがみつくようにして身体《からだ》を引《ひ》き上《あ》げ引《ひ》き上《あ》げしながらかれは階段《かいだん》をぐるぐるめぐり、一度《いちど》の休止《きゅうし》もとらずに一挙《いっきょ》に屋上《おくじょう》まで到達《とうたつ》した。扉《とびら》をあけ、夜《よる》の中《なか》へふたたび出《で》た時《とき》、少年《しょうねん》は荒々《あらあら》しい呼吸《こきゅう》をしていた。そして金網《かなあみ》ごしに市街《しがい》を見下《みお》ろした。

そこには完璧《かんぺき》に統制《とうせい》された戦時下《せんじか》の都市《とし》の姿《すがた》はなかった。灯火《とうか》はあちこちで、黄金《おうごん》の砂粒《すなつぶ》がこぼれているように闇《やみ》の中《なか》に輝《かがや》いていた。そして、その輝《かがや》く灯火《とうか》の分布《ぶんぷ》のしかたで、この首都《しゅと》の市街地《しがいち》は、はっきりと浮《う》かび上《あ》がっていたのだった。少年《しょうねん》はそれを美《うつく》しいと思《おも》った。植民者《しょくみんしゃ》たちは半狂乱《はんきょうらん》で遁走《とんそう》*しようとしている。その都市《とし》の夜景《やけい》はきらめいていた。

塵芥箱《じんかいばこ》　ごみ箱《ばこ》。
遁走《とんそう》　逃《に》げ出《だ》すこと。

そしてその光《ひかり》の下《した》には、この日《ひ》を待《ま》って支配《しはい》に堪《た》えていた人々《ひとびと》もいて、今希望《いまきぼう》に胸《むね》をふくらませて事態《じたい》の展開《てんかい》を見守《みまも》っているのだ。少年《しょうねん》は、こぶしで汗《あせ》をぬぐいながら夜景《やけい》をじっと見《み》つめていた。

午前四時《ごぜんよじ》をまわった。母親《ははおや》の手《て》は飯《めし》を握《にぎ》りつづけたために白《しろ》くふやけ、煮《に》しめられた野菜《やさい》は弁当箱《べんとうばこ》につめこまれていた。水筒《すいとう》には番茶《ばんちゃ》*と紅《こう》茶《ちゃ》がわけて入《い》れられた。割箸《わりばし》とナイフとフォークがまとめられ、煮抜《にぬ》き玉子《たまご》がならんだ。もう食糧《しょくりょう》はほぼ準備《じゅんび》ができた。

祖母《そぼ》は痰《たん》の切《き》れない咳《せき》を、尾《お》を曳《ひ》くようにいつまでも続《つづ》けていた。兄《あに》は、先刻《せんこく》から父親《ちちおや》の書斎《しょさい》にあった地図帳《ちずちょう》をひっぱり出《だ》して来《き》てひろげ、熱心《ねっしん》に見《み》つめていた。かれは時々何《ときどきなに》かを呟《つぶや》き、指《ゆび》は地図《ちず》の上《うえ》を神経質《しんけいしつ》に動《うご》いた。そしてしばらく放心《ほうしん》したように考《かんが》えこんでいたが、やがて物差《ものさし》を持《も》って来《き》て地図《ちず》に当《あ》てはじめた。また考《かんが》えこんだ。鉛筆《えんぴつ》をとって簡単《かんたん》

番茶《ばんちゃ》　煎茶用《せんちゃよう》の若葉《わかば》を摘《つ》んだあとの、やや堅《かた》い葉《は》から作《つく》る緑茶《りょくちゃ》。

な計算《けいさん》をした。「そうか」かれは呟《つぶや》いた。それから地図帳《ちずちょう》も物差《ものさし》もほうり出《だ》すと、その場《ば》にひっくりかえって天井《てんじょう》をみつめ「ははは」と笑《わら》い声《ごえ》を口《くち》でいった。「畜生《ちくしょう》。国境防衛軍《こっきょうぼうえいぐん》め」

少年《しょうねん》は落着《おちつ》いているつもりでいたが、実《じつ》は自分《じぶん》が相当緊張《そうとうきんちょう》していることに、その時《とき》になって気《き》づいた。緊張《きんちょう》している状態《じょうたい》が辛《つら》くて、なんとかして緩和《かんわ》させたいとねがったけれどもどうしていいのかわからない。心《こころ》は自然《しぜん》に硬《かた》くしまっていくのだった。少年《しょうねん》は、緊張《きんちょう》が堪《た》え難《がた》いところまで高《たか》まって来《き》たので、自分《じぶん》の意識《いしき》にのぼって来《き》たのだ、ということに気《き》づくにはまだ幼《おさ》なかった。かれは口《くち》をふくらまして自分《じぶん》の掌《てのひら》をふうふう吹《ふ》いたり、立《た》ち上《あ》がってラジオ体操《たいそう》をやった。体《からだ》を目茶目茶《めちゃめちゃ》に動《うご》かしてみた。変《へん》な声《こえ》で吠《ほ》えると兄《あに》が苛々《いらいら》して「うるせえ、止《や》めろ」と怒鳴《どな》った。だが勿論《もちろん》少年《しょうねん》としては止《や》めようがなかった。そしてまた階段《かいだん》へ出《で》て、片足《かたあし》で階段《かいだん》をぴょんぴょん跳《は》ねながら降《お》りた。今度《こんど》はのぼった。また降《お》りた。これは案外激《あんがいはげ》しい行為《こうい》だった。たちまち体《からだ》から汗《あせ》が噴《ふ》き出《だ》して来《き》た。そうなると肉体《にくたい》の苦《くる》しさの方《ほう》が精神《せいしん》の緊張《きんちょう》よりも優先《ゆうせん》するようになり少年《しょうねん》は気《き》がまぎれるように思《おも》った。

三階《さんかい》の扉《とびら》があいて人々《ひとびと》が出《で》て来《き》た。かれらは大《おお》きなリュックサックを背負《せお》い、手《て》には風呂敷包《ふろしきづつみ》を提《さ》げていた。かれらは何時《いつ》ものように玄関《げんかん》に鍵《かぎ》をかけ、主人《しゅじん》がポケットにしまいこんだ。「行《い》くのか?」少年《しょうねん》は、同級生《どうきゅうせい》の少年《しょうねん》にいった。「うん。行《い》くんだ」「じゃあな」「ああ」家族《かぞく》といっしょにいる同級生《どうきゅうせい》は少年《しょうねん》に背《せ》をむけた。かれらは階段《かいだん》を降《お》り、出口《でぐち》のところにしばらく立《た》って会話《かいわ》を交《かわ》していた。やがて乗用車《じょうようしゃ》がやって来《き》てとまった。かれらは乗《の》りこみ、排気《はいき》ガスの匂《にお》いを残《のこ》して去《さ》った。『すぐ、おれもいくぞ』少年《しょうねん》は羨望《せんぼう》を感《かん》じながら心《こころ》の中《なか》で呟《つぶや》いた。やつらは素早《すばや》いがおれたちはどうだ。少年《しょうねん》はいくら待《ま》っていても父親《ちちおや》からの指示《しじ》がないのに苛々《いらいら》しながら階段《かいだん》を上《のぼ》り降《お》りした。膝《ひざ》がしびれたように疲《つか》れ、かれは唸《うな》り声《ごえ》をあげながら三階《さんかい》の玄関《げんかん》の前《まえ》に倒《たお》れた。コンクリートの床《ゆか》は冷《ひ》えびえとしていて尻《しり》に快《こころよ》かった。少年《しょうねん》はしばらくそのままの姿勢《しせい》で荒《あら》い息《いき》をついていたが、やがて扉《とびら》の把手《はしゅ》*に手《て》をかけて起《お》き上《あが》ろうとした。

するとと目《め》の高《たか》さに鍵穴《かぎあな》があった。奴等《やつら》は慌《あわ》てて出《で》ていったが、家《いえ》の中《なか》はどんな風《ふう》になっているだろうか？　少年《しょうねん》は目《め》を近《ちか》づけて中《なか》を覗《のぞ》きこんでみた。しかし、中《なか》は真暗《まっくら》で、全《まった》く何《なに》もわからなかった。夜《よる》だったし、室内《しつない》の灯《あか》りは全部《ぜんぶ》消《け》してあったのだから当然《とうぜん》だった。少年《しょうねん》はそれでも諦《あきら》めきれなくて、小《ちい》さな鍵穴《かぎあな》から室内《しつない》を、さまざまな角度《かくど》をとって覗《のぞ》いてみた。勿論《もちろん》徒労《とろう》だった。少年《しょうねん》はがっかりして鍵穴《かぎあな》から目《め》を離《はな》し、ふざけて今度《こんど》は耳《みみ》をあててみた。すると驚《おどろ》いたことに、掛時計《かけどけい》が時《とき》を刻《きざ》んでいる音《おと》が、濃《こ》い暗黒《あんこく》のなかからひびいてくるのだった。そうか。時計《とけい》はかついで行《い》くわけにもいかず、止《と》めるわけにもいかないのだ。時計《とけい》は人《ひと》が

把手《はしゅ》　取《と》っ手《て》。

いようといまいと時《とき》を刻《きざ》み、或《あ》る日《ひ》、ひっそりと止《と》まるのだ。少年《しょうねん》は、時《とき》を打《う》たないかと待《ま》っていた。すると、何《なに》か乾《かわ》いた軽《かる》いものがこすれあうような妙《みょう》な音《おと》が聞《きこ》えてきた。少年《しょうねん》が緊張《きんちょう》して聞《き》き耳《みみ》を立《た》てていると、それが小鳥《ことり》の羽《は》ばたきであることがわかった。鶸《ひわ》*だ。同級生《どうきゅうせい》の少年《しょうねん》が飼《か》っていた鳥《とり》だった。少年《しょうねん》が憧《あこが》れていた鳥《とり》だ。このままおいたらじきに飢《う》え死《じ》にするだろう。もったいない話《はなし》だ。しかし、おれも、じき逃《に》げるのだから、どうにもできないのだ。

少年《しょうねん》は階段《かいだん》を一段《いちだん》ずつ、ゆっくりと降《お》りていった。すると下《した》から上《のぼ》って来《き》たのは父親《ちちおや》だった。少年《しょうねん》は、その前《まえ》かがみにかがんで、ズボンのポケットに手《て》を入《い》れ、何《なに》かを考《かんが》えこむようにしながら上《のぼ》ってくる形《かたち》が、夕方《ゆうがた》、階段《かいだん》で目撃《もくげき》した父親《ちちおや》と全《まった》く同《おな》じであることに一寸驚《ちょっとおどろ》いた。「父《とう》さん」少年《しょうねん》は思《おも》わず声《こえ》をかけ、駆《か》け降《お》りようとし、足《あし》をとられてあっという間《ま》に転落《てんらく》した。そして身体《からだ》は父親《ちちおや》の足《あし》もとにころがった。

鶸《ひわ》　スズメ目《もく》アトリ科《か》に属《ぞく》するマヒワ、ベニヒワ、カワラヒワなどの鳥《とり》の総称《そうしょう》。本来《ほんらい》はマヒワを指《さ》す語《ご》であったとされる。

父親《ちちおや》は乾《かわ》いた叫《さけ》び声《ごえ》をあげたが、うろたえた様子《ようす》はなかった。かれはすぐ少年《しょうねん》の腕《うで》をつかみ、荒々《あらあら》しく助《たす》けおこした。「しっかりしろ」かれは落《お》ちついた声《こえ》でいった。「さあ立《た》て」少年《しょうねん》ははじかれたように立《た》ちあがった。すると父親《ちちおや》は少年《しょうねん》の肩《かた》を抱《だ》くようにして強《つよ》く自分《じぶん》の身体《からだ》にひきつけて部屋《へや》に入《はい》った。やがて灼熱感《しゃくねつかん》や痺《しび》れは痛《いた》みに変《かわ》ったが、少年《しょうねん》には助《たす》けおこした父親《ちちおや》の逞《たく》ましい力《ちから》の方《ほう》が鮮烈《せんれつ》な感覚《かんかく》となって残《のこ》っていた。

父親《ちちおや》は居間《いま》に入《はい》り、リュックサックがならんでいるのを見《み》、竹《たけ》の皮《かわ》の中《なか》の握《にぎ》られた飯《めし》を見《み》た。かれの顔《かお》を痙攣《けいれん》が走《はし》り、かれの腕《うで》は何《なに》かわからぬ仕草《しぐさ》をした。かれの前《まえ》には煮抜《にぬ》き玉子《たまご》があり、弁当箱《べんとうばこ》があった。「いや、何《なに》もわからん」父親《ちちおや》は当惑《とうわく》したような声《こえ》でいった。「国境防衛軍《こっきょうぼうえいぐん》は潰走《かいそう》*している。だから敵《てき》の機械化部隊《きかいかぶたい》は無抵抗《むていこう》で南下《なんか》を続《つづ》けている。猛烈《もうれつ》なスピードだぞ」「じきに来《き》ますね。五日位《いつかくらい》でしょう」兄《あに》が予想通《よそうどお》りだと頷《うなず》きながらいった。「ひとつ、おれが驚《おどろ》いたことがある」父親《ちちおや》は

潰走《かいそう》 戦《たたか》いに敗《やぶ》れてちりぢりに逃《に》げること。

きっぱりとした口調《くちょう》でいった。「国境防衛軍《こっきょうぼうえいぐん》の中央司令部《ちゅうおうしれいぶ》が移動《いどう》するらしいんだ。首都《しゅと》を離《はな》れるのだそうだ」「何《なん》ですって！」兄《あに》が顔色《かおいろ》を変《か》えた。「もう逃《に》げ出《だ》すのですか？」「戦術的《せんじゅつてき》にここではまずいということだそうだ」父《ちち》はいった。「それも一理《いちり》あるがね」

「あの」母親《ははおや》がいった。「お仕事《しごと》の方《ほう》はどうなるので……」「ま、やれるだけは機能《きのう》するだろうが……」みな黙《だま》った。父親《ちちおや》は、ずらりとならんだリュックサックに眼《め》を走《はし》らせた。「よく短《みじか》い時間《じかん》の間《あいだ》に、これだけ準備《じゅんび》できたな」かれはいいにくそうに言葉《ことば》を区切《くぎ》りながらいった。「母《かあ》さんも兄《にい》ちゃんも、これなら大丈夫《だいじょうぶ》だ。立派《りっぱ》なものだよ」「早《はや》く、駅《えき》へ行《い》きましょう。早《はや》くしなければ」兄《あに》が苛々《いらいら》しながらいった。父親《ちちおや》は微笑《びしょう》した。「なあみんな」父親《ちちおや》はとうとういった。「どこへ行《い》ったって同《おな》じだと思《おも》わないか。逃《に》げたって、うまく逃《に》げられるかどうかわからないぞ。いっそ、同《おな》じことなら、この国《くに》の首都《しゅと》にすわりこんでいようじゃないか」

意外《いがい》な父親《ちちおや》の言葉《ことば》に、一同《いちどう》は戸惑《とまど》った。しばらくその真意《しんい》を知《し》ろうと沈黙《ちんもく》していた。「ぼくは」兄《あに》がいった。「ここにいるのは危険《きけん》だと思《おも》います。父《とう》さんの状況判断《じょうきょうはんだん》は少《すこ》しおかしいのではないですか。司令部《しれいぶ》はいなくなるとはいえ、首都《しゅと》は首都《しゅと》でしょう。もし市街戦《しがいせん》にでもなったらどうなります。それに」兄《あに》はすこし声《こえ》を震《ふる》わせた。「暴動《ぼうどう》でも起《おこ》ったらどうしますか。ぼくらは個人《こじん》としては悪《わる》いことはしていませんが、恨《うら》みは買《か》っているはずです」「なになに」父親《ちちおや》は軽《かる》い口《くち》の利《き》き方《かた》をした。「そう心配《しんぱい》したものでもない。汽車《きしゃ》で逃《に》げたところで、途中《とちゅう》に地雷《じらい》でも埋《う》めてあれば一発《いっぱつ》でお陀仏《だぶつ》だぞ。*慌《あわ》てる乞食《こじき》はもらいが少《すくな》い。いったいどういうことになるか、じっくり見《み》ていようじゃないか。これは案外面白《あんがいおもしろ》いかもしれないぜ」父親《ちちおや》はしかし、まともに家族《かぞく》の顔《かお》を見《み》ることができなかった。かれはちょうどおもしろいものでもあるかのように蒼黒《あおぐろ》い窓《まど》の外《そと》を覗《のぞ》きこみながらしゃべった。

慌《あわ》てる乞食《こじき》はもらいが少《すくな》い　先《さき》を争《あらそ》ってもらおうとすると、かえってもらいが少《すく》なくなるということ。急《いそ》ぎすぎると悪《わる》い結果《けっか》を招《まね》くという戒《いまし》め。

「三階《さんかい》はもう逃《に》げたよ、父《とう》さん」少年《しょうねん》はいった。「さっき乗用車《じょうようしゃ》が来《き》て、家中《かちゅう》で乗《の》っていってしまった。早《はや》かったな」「三階《さんかい》は軍属《ぐんぞく》*だからだ」父《ちち》親《おや》がいった。「軍《ぐん》は仕返《しかえ》しがあるからな。危《あぶな》いんだ。うちはそうじゃないからな」かれは煙草《たばこ》に火《ひ》をつけると深々《ふかぶか》と喫《す》い、吐《は》き出《だ》した。「官吏《かんり》*も危《あぶな》いんだ」父親《ちちおや》はつけ加《くわ》えた。「まあ、そういう連中《れんちゅう》は行《い》かせてやらなければ可哀想《かわいそう》じゃないか。そうだろう、兄《にい》ちゃん」「それはそうですが、しかし」「しかしも何《なに》もないさ」父親《ちちおや》はいった。「行《い》きたいやつはどんどん汽車《きしゃ》に乗《の》ればいい。まあおれたちは慌《あわ》てず、さわがずさ。母《かあ》さん、わかったかな」「ええ。そうですとも」母親《ははおや》が賛成《さんせい》したので少年《しょうねん》は心臓《しんぞう》が大《おお》きく打《う》つのを感《かん》じた。母《かあ》さんときたら、父《とう》さんのいうことなら考《かんが》えなしに賛成《さんせい》してしまうから困《こま》るのだ。「父《とう》さんのいう通《とお》りだと思《おも》いますわ。面白《おもしろ》いじゃないの」母親《ははおや》の声《こえ》も震《ふる》えていた。「こんなことに出《で》会《あ》える人生《じんせい》なんて、そうそうあるもんじゃありませんわ。わたしもじっ

軍属《ぐんぞく》　軍隊《ぐんたい》に所属《しょぞく》する軍人以外《ぐんじんいがい》の者《もの》の総称《そうしょう》。行政事務《ぎょうせいじむ》を取《と》り扱《あつか》う役人《やくにん》や教官《きょうかん》、特殊技術《とくしゅぎじゅつ》をもつ技師《ぎし》などのことをいった。

官吏《かんり》　国家公務員《こっかこうむいん》のこと。役人《やくにん》。

くり見《み》とどけてやろうと思《おも》っていますわ」母親《ははおや》はそういうと立《た》ち上《あ》がって足早《あしばや》に部屋《へや》を出《で》て行《い》った。「おい母《かあ》さん」父親《ちちおや》がその背中《せなか》に声《こえ》をかけた。「一《ひと》つ熱《あつ》いお茶《ちゃ》でも入《い》れてくれないか」

兄《あに》は、そんな父母《ふぼ》をじっと眺《なが》めていたが、合点《がてん》がいかない、というように首《くび》を振《ふ》った。そして興奮《こうふん》した口調《くちょう》でいった。「それじゃ父《とう》さん、この首都《しゅと》じゃ、それだけの人間《にんげん》で汽車《きしゃ》はいっぱいになってしまいますよ。だって」兄《あに》は上唇《うわくちびる》を舌《した》で舐《な》めた。「さっき考《かんが》えたんですけれど、この列《れっ》車《しゃ》は乗客《じょうきゃく》をのせて目的地《もくてきち》についたあと、もう一度《いちど》戻《もど》ってくるでしょうか。戻《もど》って来《き》やしませんよ。そんなお人好《ひとよ》しの乗務員《じょうむいん》がいますか」「そうだな」父親《ちちおや》は従順《じゅうじゅん》にうなずいた。「そうだなって、父《とう》さん」兄《あに》は声《こえ》をあらげた。「父《とう》さん、いったいどうしちゃったんです」「どうもしないさ」父親《ちちおや》はおだやかにいった。「おまえのいう通《とお》りさ。だから、われわれの乗《の》る列車《れっしゃ》などないのだ。そんなものは最初《さいしょ》からありゃしないのだ。

わからないのか。おまえには、まだ」

兄《あに》は咽喉《のど》を撃《う》ちぬかれたように、ふっ、と黙《だま》った。少年《しょうねん》は激《はげ》しい尿意《にょうい》が襲《おそ》いかかってくるのを感《かん》じた。そうだったのか。国境防衛軍司令部《こっきょうぼうえいぐんしれいぶ》も、われわれを見捨《みす》てて去《さ》っていく。われわれは庇護《ひご》してくれるものもなく、裸《はだか》のまま、この国《くに》に打《う》ち捨《す》てられるのだ。植民者《しょくみんしゃ》たちは地位《ちい》も権利《けんり》も生命《せいめい》と財産《ざいさん》の保障《ほしょう》もなく、ここに包囲《ほうい》されたまま、敵《てき》の進撃《しんげき》を待《ま》つよりないのだ。少年《しょうねん》は兄《あに》の蒼白《そうはく》になった表情《ひょうじょう》を見《み》つめているうちに、これが物語《ものがたり》でも冗談《じょうだん》でもない、ということが身体《からだ》に沁《し》み入《い》るように感《かん》じられてくるのだった。こうしている今《いま》の今《いま》、北部《ほくぶ》のどこかで戦車《せんしゃ》の下敷《したじ》きになってのたうちまわって死《し》んでいく人間《にんげん》がいるかもしれない。そして明日《あす》は、それが自分《じぶん》の運命《うんめい》かもしれないのだった。

母親《ははおや》が熱《あつ》い番茶《ばんちゃ》を入《い》れて来《き》た。父親《ちちおや》は胡座《あぐら》をかくと竹《たけ》の皮《かわ》のひとつをほどき、中《なか》の握《にぎ》られた飯《めし》を手《て》にした。「腹《はら》がへった」かれはそういうと笑《わら》った。「みんなも喰《く》え」かれはかじりついた。茶《ちゃ》が注《そそ》がれ、兄《あに》も飲《の》んだ。少年《しょうねん》も飲《の》んだ。「せっかく作《つく》ったんだから」父親《ちちおや》が頬張《ほおば》りながらいった。「明日《あす》はハイキングでも行《い》くとするか。*御料林《ごりょうりん》でもどうだ。あそこにはすばらしい池《いけ》があるぞ」「だって這入《はい》れないでしょう」兄《あに》がいった。「いいや。大丈夫《だいじょうぶ》だと思《おも》うな」父親《ちちおや》が意地悪《いじわる》い微笑《びしょう》を浮《うか》べていった。「皇帝《こうてい》はもうここにいないんじゃないかな。ひょっとしたら飛行機《ひこうき》でブーンしているだろうな。そうしたら、残《のこ》ったやつらのうちだれがまともに勤《つと》めを果《はた》しているかね?」兄《あに》は呆然《ぼうぜん》とした表情《ひょうじょう》で頷《うなず》いた。「しかしまあ、危険《きけん》はあるし、第一《だいいち》、それどころじゃない」

　父親《ちちおや》は番茶《ばんちゃ》を啜《すす》った。少年《しょうねん》は窓《まど》の外《そと》の闇《やみ》が青《あお》く変《かわ》りつつあることに気《き》づいた。市街《しがい》のざわめきは、ますます激《はげ》しくなり、どこかで大《おお》きな音《おと》がした。少年《しょうねん》は思《おも》わず首《くび》をすくめた。不穏《ふおん》な雰囲気《ふんいき》が夜明《よあ》けの街《まち》をつつんでいた。たった一夜《いちや》のうちに支配《しはい》するものとされるものの関係《かんけい》が逆転《ぎゃくてん》し

御料林《ごりょうりん》　大日本帝国憲法下《だいにっぽんていこくけんぽうか》で、皇室《こうしつ》が所有《しょゆう》した森林《しんりん》。

たのだ。そして、すべてのものが、わずか数時間《すうじかん》のあいだにその事実《じじつ》を認《みと》めたのだった。

「ほかの人《ひと》たちをほうり出《だ》して逃《に》げるよりは残《のこ》る方《ほう》がずっと気分《きぶん》がいい」父親《ちちおや》はいった。「それがおれの好《この》みだ」母親《ははおや》は領《うなず》いたが少年《しょうねん》は不満《ふまん》だった。父親《ちちおや》の好《この》みにまきこまれるのは迷惑《めいわく》だ。おれは死《し》にたくない。どんなことがあっても生《い》きのびたい。「いいたいことはいろいろあるさ」疲労《ひろう》のあらわれた声《こえ》で父親《ちちおや》は言葉《ことば》を続《つづ》けた。「しかし、これで終《おわ》ったんだなあ」

「御料林《ごりょうりん》へ、ハイキングに行《い》きたいわね」母親《ははおや》がいった。「あそこには野鳥《やちょう》がいっぱいいるわよ。空気銃《くうきじゅう》持《も》っていけば」「しばらく前《まえ》に取材《しゅざい》で行《い》ったが」父親《ちちおや》も話《はなし》を合《あ》わせた。「空《から》の薬莢《やっきょう》*がいくつも、草叢《くさむら》の中《なか》に落《お》ちていてね、きらきら光《ひか》っているんだ。本当《ほんとう》に行《い》ってみようか」しかし、だれも本気《ほんき》で呼応《こおう》するものはいなかった。「父《とう》さん」兄《あに》がけつまず

薬莢《やっきょう》 銃砲《じゅうほう》の弾丸《だんがん》の発射薬《はっしゃやく》を詰《つ》める円《えん》筒形《とうけい》の容器《ようき》。

いたようなどもり方《かた》で早口《はやくち》にいった。「それでどうなんです。われわれはたたかうんでしょう」「ああ。そういうことになっている」父親《ちちおや》はぼんやりした声《こえ》でいった。「軍《ぐん》は、市内《しない》に対戦車壕《たいせんしゃごう》*を掘《ほ》って市街戦《しがいせん》にそなえるそうだ。しかしどうにもなるまいよ」「どうにもなるまいって」「わたしはもう、抵抗《ていこう》するだけ傷《きず》を拡《ひろ》げるだけだと思《おも》うんだ」

兄《あに》は何《なに》かいいたそうにしたが何《なに》もいわなかった。かれの信念《しんねん》はたたかうことを要求《ようきゅう》していたが、事態《じたい》はかれを裏切《うらぎ》り続《つづ》けていた。皇帝《こうてい》も司令《しれい》部《ぶ》もない首都《しゅと》には、たたかうべき理由《りゆう》がなくなっていた。かれは父親《ちちおや》に対《たい》して不満《ふまん》であり、にもかかわらず何《なに》もいい返《かえ》すことができない場《ば》へおいこまれていたのだった。かれはうつむき、地図《ちず》を見《み》つめていた。

「おや、夜《よる》が明《あ》けてしまった」父親《ちちおや》は今気《いまき》づいたようにいった。「いずれにしたって敵《てき》はすぐここまで来《こ》れるわけじゃない。あいつらだって、二本《にほん》の足《あし》をたがいちがいに前《まえ》に出《だ》すか、トラックの輪《わ》をころがしてくる

対戦車壕《たいせんしゃごう》　戦車《せんしゃ》の進攻《しんこう》を妨《さまた》げるための堀《ほり》。

よりない。だからとにかく今眠《いまねむ》ったからって、どうってことはないよ」

家族《かぞく》はお休《やす》みなさいを、いつものようにいい合《あ》った。そして、それぞれの寝床《ねどこ》に横《よこ》になった。少年《しょうねん》は全身《ぜんしん》が骨《ほね》を失《うしな》ったようにだるいのに気《き》づいた。そしてガソリンの淡《あわ》い匂《にお》いを残《のこ》して闇《やみ》に消《き》えていった軍属《ぐんぞく》の家族《かぞく》の乗用車《じょうようしゃ》のことを思《おも》い浮《うか》べた。また、闇《やみ》のなかではばたいていた孤独《こどく》な鶸《ひわ》のことも思《おも》い浮《うか》べた。少年《しょうねん》はまぶたが明《あか》るすぎ、軽《かる》すぎて落着《おちつ》かなかった。窓《まど》の外《そと》の喧噪《けんそう》はますます烈《はげ》しくなり、*大八車《だいはちぐるま》や荷馬車《にばしゃ》のわだちの音《おと》が荒々《あらあら》しく、ひっきりなしに走《はし》り過《す》ぎていった。赤《あか》ん坊《ぼう》の泣《な》き声《ごえ》や男《おとこ》の怒声《どせい》、女《おんな》のヒステリックな子供《こども》を呼《よ》び叱《しか》る声《こえ》がとびかった。しつっこく爆音《ばくおん》が旋回《せんかい》した。

眠《ねむ》れという方《ほう》が無理《むり》だ。少年《しょうねん》は兄《あに》の方《ほう》へ寝返《ねがえ》りを打《う》った。するとそこに兄《あに》の顔《かお》があって、じっと少年《しょうねん》をみつめているのだった。少年《しょうねん》も見返《みかえ》し、二人《ふたり》は見《み》つめあった。その時《とき》、今《いま》まで自分《じぶん》らが味《あじ》わったことのな

大八車《だいはちぐるま》 2〜3人《にん》で引《ひ》く、荷物運搬用《にもつうんぱんよう》の大《おお》きな二輪車《にりんしゃ》。

かった、眩暈《めまい》がするような荒々《あらあら》しく熱《あつ》い時《とき》の流《なが》れのなかに自分《じぶん》たちがひたっているのだ、ということに気《き》づいた。「首都《しゅと》にやつらが入《はい》る前《まえ》に」兄《あに》が囁《ささや》いた。「降伏《こうふく》すればおれたちは助《たす》かるかもしれない。もし、それより遅《おく》れれば駄目《だめ》だ」兄《あに》は微《かす》かに笑《わら》った。「おれは降伏《こうふく》はしたくないけれどな」少年《しょうねん》は唇《くちびる》を舐《な》めながらうなずいた。そして今《いま》、自分《じぶん》たちがこの世界《せかい》の歯車《はぐるま》の回転《かいてん》に従《したが》って生《い》きる、直接《ちょくせつ》の場《ば》に立《た》たされていることを直感《ちょっかん》した。

わたしが一番《いちばん》きれいだったとき

茨木《いばらぎ》のり子《こ》

茨木のり子

わたしが一番《いちばん》きれいだったとき
街々《まちまち》はがらがら崩《くず》れていって
とんでもないところから
青空《あおぞら》なんかが見《み》えたりした

わたしが一番《いちばん》きれいだったとき
まわりの人達《ひとたち》が沢山《たくさん》死《し》んだ
工場《こうじょう》で　海《うみ》で　名《な》もない島《しま》で
わたしはおしゃれのきっかけを落《おと》してしまった

わたしが一番《いちばん》きれいだったとき
だれもやさしい贈物《おくりもの》を捧《ささ》げてはくれなかった
男《おとこ》たちは挙手《きょしゅ》の礼《れい》しか知《し》らなくて

きれいな眼差《まなざし》だけを残《のこ》し皆発《みなた》っていった

わたしが一番《いちばん》きれいだったとき
わたしの頭《あたま》はからっぽで
わたしの心《こころ》はかたくなで
手足《てあし》ばかりが栗色《くりいろ》に光《ひか》った

わたしが一番《いちばん》きれいだったとき
わたしの国《くに》は戦争《せんそう》で負《ま》けた
そんな馬鹿《ばか》なことってあるものか
ブラウスの腕《うで》をまくり卑屈《ひくつ》な町《まち》をのし歩《ある》いた

わたしが一番《いちばん》きれいだったとき

茨木のり子

ラジオからはジャズが溢《あふ》れた
禁煙《きんえん》を破《やぶ》ったときのようにくらくらしながら
わたしは異国《いこく》の甘《あま》い音楽《おんがく》をむさぼった

わたしが一番《いちばん》きれいだったとき
わたしはとてもふしあわせ
わたしはとてもとんちんかん
わたしはめっぽうさびしかった

だから決《き》めた　できれば長生《ながい》きすることに
年《とし》とってから凄《すご》く美《うつく》しい絵《え》を描《か》いた
フランスのルオー*爺《じい》さんのように
ね

ルオー爺《じい》さん　フランスの画家《がか》ジョルジュ・ルオー（1871〜1958）。彼《かれ》の作品《さくひん》は、黒《くろ》く太《ふと》い輪郭線《りんかくせん》や深《ふか》く輝《かがや》くような色彩《しきさい》が特徴的《とくちょうてき》。

春《はる》さきのひょう

杉《すぎ》みき子《こ》

杉みき子

そろそろサクラのつぼみもふくらみそうな三月《さんがつ》のすえ。

昼《ひる》すぎから、冬《ふゆ》にぎゃくもどりしたように冷《ひ》えこむと思《おも》っていたら、いきなり、トタン屋根《やね》に、バラバラバラッとものすごい音《おと》がした。

「あっ、あられだ！」

一郎《いちろう》と次郎《じろう》は、いそいで窓《まど》をあけて、さきをあらそっててのひらをつきだした。

「わあっ、でっかいつぶだ。あられじゃなくて、ひょうだぞ」

「わあっ、でっかいつぶだ。ひょうじゃなくて、ライオンだぞ」

「ばか、ふざけんな」

玄関《げんかん》のアスファルトにたたきつけられた大《おお》つぶのひょうが、おもしろ

＊トタン屋根《やね》　薄《うす》い鉄板《てっぱん》に亜鉛《あえん》をメッキしたトタン板《いた》でふいた屋根《やね》。

いようにころころころげて、＊みぞ川《がわ》に落《お》ちこんでいく。トタン屋根《やね》の音《おと》がうるさくて、耳《みみ》が＊つんぼになりそうだ。

おかあさんが、台所《だいどころ》から手《て》をふきふき茶《ちゃ》の間《ま》へ顔《かお》をだした。

「あらあら、やかましいと思《おも》ったら、ほんとにひょうだわ」

次郎《じろう》がいきなりとびあがって、洗面所《せんめんじょ》へかけこんだ。と思《おも》ったら、たちまち洗面器《せんめんき》をかかえておもてへとびだしていく。

「よーし、ぼくも」

一郎《いちろう》も洗面所《せんめんじょ》へかけこんだが、めぼしいものがなかったとみえて、柱《はしら》にかけてあった帽子《ぼうし》をひっつかんで、とびだした。

「あいてて。おーい、ひょう、たのむから頭《あたま》にあたってくれるなよ」

「その頭《あたま》、生《い》きてるうちにつかえよ。屋根《やね》の下《した》へはいって、洗面器《せんめんき》だけだしとけばいいだろ」

ふたりは大《おお》さわぎしてあつめたひょうは、いっしょにして洗面器《せんめんき》に三《さん》

みぞ川《がわ》　水《みず》がいつも川《かわ》のように流《なが》れている溝《みぞ》。

つんぼ　耳《みみ》が聞《き》こえないこと。現代《げんだい》では差別的《さべつてき》な表現《ひょうげん》であるとされている。

分《ぶん》の一《いち》くらいもあった。おかあさんは、めずらしそうに洗面器《せんめんき》のそばにすわりこんで、まるで宝石《ほうせき》でもあつかうように、両手《りょうて》でそうっとひょうをすくって見《み》ている。

「いまごろひょうがふるなんて、めずらしいんだよね、おかあさん」

次郎《じろう》がきくと、おかあさんは、考《かんが》えるような目《め》つきになって、

「そうねえ、でも、もっとあったかくなってから、ふったことだってあるわ。あれは、五月《ごがつ》……いや六月《ろくがつ》かな？　キュウリがなるのは六月《ろくがつ》ころかしらね。それともあれは、わせ*のキュウリだったかしら？」

「なにいってんだい、おかあさん。キュウリの話《はなし》をしてるんじゃないよ」

「そうだよ、ひょうとキュウリなんて、関係《かんけい》ないだろ」

「ところが、大《おお》ありなの。おかあさんにとってはね。きってもきれない関係《かんけい》があるんだから」

わせ　成熟《せいじゅく》が早《はや》く早期《そうき》に収穫《しゅうかく》できる作物《さくもつ》の品種《ひんしゅ》のこと。

「へーえ。へんなの」

「どんな関係《かんけい》なの？　ひょうとキュウリの話《はなし》、きかせてよ」

「じゃあ、きかせてあげようか。おかあさんのとっ*ときの話《はなし》なんだから、耳《みみ》をすましてよーくきいてちょうだいよ」

おかあさんは、わざともったいぶってみせて、ひとすくいのひょうをほほにあててみながら話《はな》しはじめた。

「おかあさんが若《わか》いとき、看護婦《かんごふ》をしてたことは、一郎《いちろう》も次郎《じろう》も知《し》ってるわね」

「知《し》ってる、知《し》ってる」

「白衣《はくい》を着《き》たかっこいい写真《しゃしん》が、アルバムにはってあったね」

――そのころ、日本《にほん》は、大《おお》きな戦争《せんそう》のまっさいちゅうだった。おかあさんは、学校《がっこう》をでたての若《わか》い看護婦《かんごふ》さんとして、ある海《うみ》べの町《まち》の大《おお》きな病院《びょういん》につとめていた。

とっとき　とっておき。

大《おお》きな病院《びょういん》といっても、二十数年《にじゅうすうねん》も前《まえ》、しかも戦争《せんそう》ちゅうのことである。いろいろな設備《せつび》や機械《きかい》も、いまとはくらべものにならないくらい不完全《ふかんぜん》だったし、薬《くすり》やほうたいなどでさえ、とかく不足《ふそく》しがちだった。

おかあさんは、入院患者《にゅういんかんじゃ》のせわをする係《かか》りだったが、じゅうぶんに病人《びょうにん》の看護《かんご》をするには、あまりにもたりないものだらけなのがかなしかった。おかあさんは、設備《せつび》や薬《くすり》のたりない分《ぶん》を、せめて自分《じぶん》のはたらくことですこしでもおぎなおうと思《おも》って、朝《あさ》から晩《ばん》まで病棟《びょうとう》のなかをかけまわっていた。

「冬《ふゆ》になっても、暖房《だんぼう》なんかないの。まえにはそれでも、ストーブがあったんだそうだけど、だんだん石炭《せきたん》の配給《はいきゅう》がすくなくなってつかえなくなってしまったし、火《ひ》ばちをつかおうにも炭《すみ》がないしね」

「どうしてそんなに、なんでもかんでもなかったの」

「戦争《せんそう》ちゅうだったからさ。石炭《せきたん》や石油《せきゆ》は戦争《せんそう》に必要《ひつよう》だから、あんまりつかえなかったんだよ。ね、おかあさん」

「そうなの。あのころは、燃料《ねんりょう》といったら、まきだけがたよりなんだから」

そのまきは、山《やま》で炭焼《すみや》きをしている人《ひと》にたのんでおいて、冬《ふゆ》がくるまえに、看護婦《かんごふ》さんたちが、かわるがわるとりにいくのである。ほそい山《やま》道《みち》はリヤカーも通《とお》らないので、みんな、しょえるだけのまきをしょいこみ、そのうえにまだ力《ちから》のある人《ひと》は、両手《りょうて》にもさげて、石《いし》ころ道《みち》をくだってくる。一度《いちど》いってくると、そのあと何日《なんにち》も、からだのふしぶしがいたんだ。若《わか》い元気《げんき》な男《おとこ》の人《ひと》は、お医者《いしゃ》さんでも用務員《ようむいん》さんでも、みんな召《しょう》集《しゅう》されて戦地《せんち》へいっているので、そんな力仕事《ちからしごと》も、女《おんな》の人《ひと》がやるよりほかなかったのである。

こうしてはこんできたまきも、そのままつかえるわけではない。おのをつかって、さらにこまかくわらなくては、もえにくいのである。だから、これも、看護婦《かんごふ》さんの当番《とうばん》が、毎朝《まいあさ》、はやくおきてわる。

そんな苦労《くろう》をしてやっとわかすお湯《ゆ》は、まるで貴重品《きちょうひん》あつかいだ。この貴重品《きちょうひん》を湯《ゆ》たんぽにつめてくばるわけだが、おおぜいの患者《かんじゃ》さんのことだから、なかなか思《おも》うようにはいかない。たりないお湯《ゆ》だから、健康《けんこう》なものはできるだけがまんしようと、洗《あら》いものなどはみんな水《みず》ですませるので、若《わか》い看護婦《かんごふ》さんたちのやわらかい手《て》も、ひと冬《ふゆ》をこすと、たちまちかさかさにあれてしまうのだった。

そのきびしい冬《ふゆ》がやっとすぎて、ほっとするのもつかのま、またすぐ夏《なつ》がやってくる。夏《なつ》は夏《なつ》で、病院《びょういん》の人《ひと》たちには、また、べつのなやみがあった。

患者《かんじゃ》さんのなかには、ときどき高《たか》い熱《ねつ》をだす人《ひと》がある。注射《ちゅうしゃ》や飲《の》み薬《ぐすり》で熱《ねつ》をさげられればいいのだが、そのかんじんな薬《くすり》が不足《ふそく》しがちでもあり、とにかく、病人《びょうにん》の気分《きぶん》をよくするためにも、まず、水《みず》まくらやひょうのうで冷《ひ》やしてやらなくてはならない。それも、水《みず》ではたちまちあったまってしまうから、雪《ゆき》や氷《こおり》がどうしても必要《ひつよう》だ。その雪《ゆき》や氷《こおり》が、どうしようもなく、たりなかったのである。

「冷凍室《れいとうしつ》なんかないの？」

「電気冷蔵庫《でんきれいぞうこ》で氷《こおり》をつくってもいいじゃないか」

「ほんとに、あのころ、そんなものがあれば、苦労《くろう》はしなかったんだけどねえ。そういうものがでまわってきたのは、戦争《せんそう》がすんでしばらくたってからだったのよ。あのころは、冬《ふゆ》のうちにふった雪《ゆき》を、わらで囲《かこ》いをしてしまっておくよりしようがなかったんだものね」

病人用《びょうにんよう》として、いくらかの雪《ゆき》のわりあてをうけてはいたけれども、だれだか知《し》らないが、それをわりあてる人《ひと》は、雪《ゆき》はとけるものだということをわすれてしまっているらしかった。看護婦《かんごふ》さんたちが、かわるがわる重《おも》いバケツをさげて汗《あせ》をながしてはこんできた雪《ゆき》も、何人《なんにん》もの患者《かんじゃ》さんがいちどに熱《ねつ》をだした日《ひ》などは、たちまちなくなってしまう。雪《ゆき》がなくなったあとは、なまぬるい水《みず》でがまんしてもらうよりほかないのだった。

「そのころ、おかあさんのうけもちの患者《かんじゃ》さんのひとりに村田《むらた》さんというおじいさんがあってね。暑《あつ》さのせいか、どんどん病気《びょうき》がすすんで、毎《まい》日《にち》のように高《たか》い熱《ねつ》をだす日《ひ》がつづいたの。ただえからだがよわっているところへ、そんな熱《ねつ》をだしたんだから、ほんとうに苦《くる》しそうでね。なんとかしてあげたいと思《おも》っても、かんじんの雪《ゆき》がないでしょう。あんなつらいことはなかったわ」

村田《むらた》さんとおなじ病室《びょうしつ》にいる若《わか》い患者《かんじゃ》さんも、かるい熱《ねつ》をだして、雪《ゆき》の水《みず》まくらをしてもらっていたが、村田《むらた》さんの苦《くる》しみを見《み》かねて、おかあさんに申《もう》しでた。

「看護婦《かんごふ》さん、わたしはいいから、この雪《ゆき》、村田《むらた》さんにあげてくださいよ」

それをききつたえて、ほかのへやからも、あまり病気《びょうき》のおもくない患《かん》者《じゃ》さんから、自分《じぶん》のぶんの雪《ゆき》をあげようという申《もう》し出《で》があった。おかあさんは、ただ頭《あたま》をさげるばかりだった。

「ほかの患者《かんじゃ》さんたちの親切《しんせつ》は、なみだがでるほどうれしかったけど、そのくらいのことじゃ、とてもまにあわないの。朝《あさ》から晩《ばん》まで、雪《ゆき》がほしい、雪《ゆき》がほしいと思《おも》ってたもんだから、あのころはよく、冬《ふゆ》の夢《ゆめ》をみたわ。雪《ゆき》がうんとつもって、ああ、これだけあれば村田《むらた》さんもらくになる、うれしい、と思《おも》ったとたんに目《め》がさめたりして、そのくやしかったこと、いまでもわすれないわ」

そんなある日《ひ》のこと。午後《ごご》の安静時間《あんせいじかん》がおわったので、おかあさんはいつものように、入院室《にゅういんしつ》のベッドのシーツをとりかえてまわっていた。窓《まど》から見《み》える中庭《なかにわ》では、何人《なんにん》かの患者《かんじゃ》さんたちが、せっせと畑《はたけ》の手入《てい》れをはじめている。

入院患者《にゅういんかんじゃ》のなかでも、病気《びょうき》のあまりおもくない人《ひと》や、もうすぐなおるという人《ひと》たちは、適当《てきとう》な運動《うんどう》をしたほうがからだのためによいので、自《じ》分《ぶん》のからだのちょうしにあわせて、かるい仕事《しごと》をする。畑《はたけ》つくりもそのひとつだった。そのころ、食《た》べものはみんな配給制《はいきゅうせい》で、病院《びょういん》でだされる給食《きゅうしょく》も、まったくの病人《びょうにん》ならともかく、そろそろなおりかけて食欲《しょくよく》のでてきた人《ひと》たちにとっては、とてもたりない。こうして畑《はたけ》をつくっていれば、そこからとれたイモやカボチャやキュウリをおやつがわりに食《た》べることもできるわけで、運動《うんどう》のためと、食《た》べもののおぎないと、まあいわば一石二鳥《いっせきにちょう》というわけだった。

おかあさんは、そのへやのベッドをみんなきれいにととのえてしまうと、よごれたシーツをかかえて廊下《ろうか》へでた。そのとたんに、きゅうにあたりが暗《くら》くなったと思《おも》うと、いきなり、バラバラバラッと機関銃《きかんじゅう》のようなはげしい音《おと》がふってきた。畑《はたけ》にでていた患者《かんじゃ》さんたちが、あわててかけこんでくる。おもわず窓《まど》のそとに目《め》をやると、すさまじい音《おと》といっしょに、白《しろ》くはじけるつぶつぶが、すだれのようにすきまなく中庭《なかにわ》をたたきつけている。

それを見《み》たしゅんかん、おかあさんはシーツをほうりだすと、手《て》ぢかにあった洗面器《せんめんき》をつかんで中庭《なかにわ》へとびだしていた。

そこは、山崎《やまざき》さんという若《わか》い患者《かんじゃ》さんがキュウリをつくっている畑《はたけ》だったのだが、そのときのおかあさんには、そんなことを考《かんが》えているひまはない。ただもう、うねのあいだにたまった大《おお》きなひょうをせっせと手《て》ですくって、洗面器《せんめんき》にほうりこむのにむちゅうだった。

「仕事《しごと》をほっといて、あそんでたの？」

「そうじゃないさ。雪《ゆき》のかわりにひょうをあつめて、患者《かんじゃ》さんの頭《あたま》をひやしてやろうと思《おも》ったんだろ。ね、おかあさん」

「うん、そのつもりだったの」

ほかの看護婦《かんごふ》さんや、患者《かんじゃ》さんたちは、とっさに、どういうわけか思《おも》いつかなかったのだろう。あっけにとられて、おかあさんのすることをながめていた。おかあさんのほうでも、ただもう、ひょうをかきあつめるのにむちゅうで、まわりのことに気《き》をくばっているよゆうなんかなかった。

ひょうのふりかたはだんだんしずかになってくる。いまにも、ばったりとやんでしまいそうだ。ひょうにおどろいて鳴《な》きやんでいたセミの声《こえ》が、またあちこちからきこえはじめた。

(とけちゃうわ、はやくしなくちゃ……)

やっと洗面器《せんめんき》にいっぱいのひょうをあつめて、こんどはバケツでももってこようと、おかあさんがたちあがったとき、いきなり、窓《まど》のなかからはげしい声《こえ》がとんできた。

「なにをするんだ。だいじな畑《はたけ》をめちゃめちゃにしちまって、せっかく大《おお》きくなったキュウリが、だいなしじゃないか」

おどろいてふりむくと、廊下《ろうか》にたってこちらをにらみつけているのは、若《わか》い患者《かんじゃ》の山崎《やまざき》さんだった。このキュウリ畑《ばたけ》をつくっている人《ひと》である。おかあさんは、はっと気《き》がついて足《あし》もとを見《み》まわした。キュウリの青《あお》いつるが何本《なんぼん》もふまれて、折《お》れている。ささえにした竹《たけ》の棒《ぼう》がたおれている。大《おお》きくなりかけたいぼいぼのキュウリが、どろまみれになっている。きれいにならされた畑《はたけ》の土《つち》も、ふみにじられて穴《あな》だらけだ。ひょうをあつめるのにむちゅうだったおかあさんは、山崎《やまざき》さんのだいじなキュウリ畑《ばたけ》を、めちゃめちゃにしてしまったのである。

山崎《やまざき》さんは家《いえ》が遠《とお》いので、病院《びょういん》の給食《きゅうしょく》がたりなくても、近《ちか》くに家《いえ》がある人《ひと》のように、ちょいちょい食《た》べものをもってきてもらうことができない。だから山崎《やまざき》さんは、このキュウリ畑《ばたけ》を宝《たから》もののようにだいじにせわしていた。それがこんなにあらされてしまったのだから、おこるのもむりはない。いつもはおとなしい山崎《やまざき》さんが、泣《な》かんばかりにはげしいことばをあびせかけるので、おかあさんは青《あお》くなった。

「まあまあ、山崎《やまざき》さん、そうおこらないで、かんべんしてあげなさい。看護婦《かんごふ》さんだって、悪気《わるぎ》でやったわけじゃない。それどころか、熱《ねつ》の高《たか》い病人《びょうにん》のことを思《おも》ってむちゅうでやったことなんだから、われわれ病人《びょうにん》なかまだって、そこをさっしてあげなくちゃ」

ほかの患者《かんじゃ》さんたちが、そういって山崎《やまざき》さんをなだめてくれた。山崎《やまざき》さんは、それ以上《いじょう》どなりもしなかったが、まだ気持《きも》ちがおさまらないとみえて、ぶすっとした顔《かお》をしている。

「すみません、すみません。畑《はたけ》はわたしがなおしますから」

おかあさんは何度《なんど》もあやまって、もう一度《いちど》、中庭《なかにわ》へおりようとしたが、ほかの患者《かんじゃ》さんたちがそれをとめた。

「畑《はたけ》をなおすのは、わたしたちが手伝《てつだ》うから、あんたははやく、そのひょうを村田《むらた》さんにもっていってあげなさい。せっかくあつめたひょうだ、はやくしないととけちまう」

そこで、おかあさんも気《き》をとりなおして、洗面器《せんめんき》をかかえて村田《むらた》さんの病室《びょうしつ》へ走《はし》り、あつめたひょうを水《みず》まくらにいれてあげた。

「ああ冷《つめ》たい、いい気持《きも》ちだなあ」

村田《むらた》さんはいまのさわぎを知《し》らないようすで、かすかなわらい声《ごえ》さえたててよろこんだ。おかあさんは、うれしいのかかなしいのかわからないなみだがこみあげて、顔《かお》をそむけた。

村田《むらた》さんの水《みず》まくらにいれたひょうがすっかりとけてしまっても、おかあさんの心《こころ》のわだかまりはなかなかとけなかった。毎日《まいにち》、病気《びょうき》の苦《くる》しみとたたかいながら、なにかと不自由《ふじゆう》な生活《せいかつ》をつづけている患者《かんじゃ》さんたちは、健康《けんこう》な人《ひと》のばあいなら、そんなつまらないこと、と思《おも》うようなほんの小《ちい》さなことにも、大《おお》きななぐさめとよろこびを見《み》いだすものである。看護婦《かんごふ》として、そのことをよく知《し》っているだけに、おかあさんは、こんどの自分《じぶん》の不注意《ふちゅうい》がつくづくやまれてならなかった。

はやく山崎《やまざき》さんのキュウリ畑《ばたけ》をなおさなくてはと思《おも》いながら、毎日《まいにち》のきまった仕事《しごと》である検温《けんおん》や、薬《くすり》をくばることや、そのほか、こまごました患者《かんじゃ》さんたちのせわに追《お》われて、おかあさんにはなかなかひまがない。ほかの看護婦《かんごふ》さんたちにたのもうと思《おも》っても、いそがしいことはおなじである。夕方《ゆうがた》になって、廊下《ろうか》で山崎《やまざき》さんにばったりであったとき、あわててそっぽをむかれて、おかあさんはますますつらい思《おも》いをしたが、その日《ひ》はとうとう、畑《はたけ》まで手《て》がまわらないままに日《ひ》がくれてしまった。

あしたはどうしても、早起《はやお》きして畑《はたけ》をなおしてあげなくちゃと思《おも》いながら、おかあさんが看護婦《かんごふ》ひかえ室《しつ》で、なかまといっしょに、きょうの仕事《しごと》のあとしまつをしていると、とつぜん、ぶきみなサイレンの音《おと》がひびきわたった。

「警戒警報《けいかいけいほう》だわ！」

「めんどくさいわね」

敵機《てっき》がやってくるかもしれないという〈警戒警報《けいかいけいほう》〉は、ほとんど毎晩《まいばん》のことなので、みんななれていた。もちろん、あまり気持《きも》ちのよいものではないが、いままではたいがい、〈空襲警報《くうしゅうけいほう》〉にまでならないうちに、解除《かいじょ》になっていたから、今夜《こんや》もたいしたことはなかろうと思《おも》っていたのである。だから、ねんのために、窓《まど》からあかりがもれていないかどうかを見《み》まわるていどで、みんなそろそろ寝《ね》じたくにかかろうとしていた。

ところが、この夜《よる》はちがっていた。それからまもなく、けたたましい空襲警報《くうしゅうけいほう》のサイレンが、つづけざまにうなりをあげたのだ。

事務室《じむしつ》のラジオは、B29*の編隊《へんたい》がこの地方《ちほう》にむかっていることをくり

B29 第二次世界大戦《だいにじせかいたいせん》で使用《しよう》されたアメリカの大型長距離爆撃機《おおがたちょうきょりばくげきき》。日本《にほん》の各都市《かくとし》への爆撃《ばくげき》や、広島《ひろしま》・長崎《ながさき》への原爆投下《げんばくとうか》にも使用《しよう》された。

かえし告《つ》げている。みんなが身《み》じたくをかためるまもなく、すさまじい爆音《ばくおん》が頭《あたま》の上《うえ》を通《とお》りすぎた。

「敵機来襲《てっきらいしゅう》！　全員《ぜんいん》たいひせよ！」

近《ちか》くの町《まち》には、はやくも火《ひ》の手《て》があがっている。もう一刻《いっこく》もまごまごしてはいられない。院長先生《いんちょうせんせい》のさしずで、看護婦《かんごふ》さんたちは患者《かんじゃ》さんをつれて、海岸《かいがん》の丘《おか》のふもとをくりぬいた防空《ぼうくう》ごうに、ひなんすることになった。

歩《ある》ける人《ひと》は歩《ある》く、病気《びょうき》のおもい人《ひと》はたんかにのせていく。なおりかけの人《ひと》は、どうにか歩《ある》ける人《ひと》をささえていく。おかあさんたちは何度《なんど》も何《なん》度《ど》も往復《おうふく》して、患者《かんじゃ》さんたちを防空《ぼうくう》ごうにつれていった。

おかあさんが、最後《さいご》のたんかを見《み》おくって、もうのこっている人《ひと》はないかと、大《おお》いそぎでひとつひとつの病室《びょうしつ》を見《み》てまわり、だれもいないのをたしかめて、通用口《つうようぐち》へかけだしたとき——いきなり、目《め》から火《ひ》がでた。

耳《みみ》のつぶれるようなすさまじいひびきとともに、まわりの壁《かべ》がぐらぐらゆれる。つづいて、目《め》の前《まえ》の柱《はしら》がずずーんとかたむいたとき、おかあさんは耳《みみ》をおさえてつっぷしたまま、気《き》をうしなってしまった。

「へえっ、おかあさん、そのとき、死《し》ななかったの?」

「ばか、死《し》んでたら、いまごろこんなことしてられるかい」

「ほんとにあのときは、てっきりいのちがないと思《おも》ったわ。でも、生《い》きていられて、ほんとによかった」

それからどのくらいたったのだろう。おかあさんは、キュウリ畑《ばたけ》にいるような気《き》がしていた。大《おお》きなひょうがふってきて、パラパラと頭《あたま》や顔《かお》にあたる。折《お》れたキュウリがあちこちにちらばっている。

「看護婦《かんごふ》さあん、看護婦《かんごふ》さあん」

あっ、だれかがよんでいる。きっと村田《むらた》さんがまた熱《ねつ》をだしたんだ。はやくいかなくちゃ。でも、どうしたんだろう、足《あし》がうごかない。

あっ、またよんでいる。

「看護婦《かんごふ》さあん、そこにいるかあ。いたら返事《へんじ》してくれ、看護婦《かんごふ》さあん！」

「はあい、すぐいきますよ……」

大声《おおごえ》をだしたと思《おも》ったら、はっと気《き》がついた。あたりはまっ暗《くら》だ。木《き》のくさったような、ほこりっぽいような、へんなにおいが、いっぱいにたちこめている。たちあがろうとして気《き》がつくと、足《あし》の上《うえ》に大《おお》きなげた箱《ばこ》がたおれかかっている。ぬけだそうとしてもがいていると、また、そとのほうからよぶ声《こえ》がきこえた。

「看護婦《かんごふ》さあん、いるんですかあ」

「はあい、ここよ、ここですよ」

こんどは、はっきり声《こえ》がでた。自分《じぶん》のだしたその声《こえ》が自分《じぶん》の耳《みみ》にとどいたとき、生《い》きていたんだというよろこびが胸《むね》にこみあげて、おかあさんは、きゅうにいのちがおしくなった。

「あっ、いたんだね、看護婦《かんごふ》さん、生《い》きていたんだね。よかった！」

その声《こえ》といっしょに、くずれかけた戸《と》がガタガタとゆれた。

「ああ、ここがうごきそうだ。いますぐ、たすけてあげるよ」

「わたしはだいじょうぶよ。いそがなくていいから、気《き》をつけてね」

だれだかわからないけれど、そとにいるのは患者《かんじゃ》さんらしいと気《き》がつくと、おかあさんは、自分《じぶん》のことより、この患者《かんじゃ》さんが、むりにからだをうごかして熱《ねつ》でもでたら、心配《しんぱい》になった。

（はやくここをぬけださなくちゃ……）

おかあさんはけんめいに、たおれかかっているげた箱《ばこ》から足《あし》をぬきだそうとした。さいわいなことに、げた箱《ばこ》は、じかにおかあさんの足《あし》の上《うえ》にたおれかかっているのではなく、スリッパをいれておく小《ちい》さい箱《はこ》が、わずかながら、つっかい棒《ぼう》の役《やく》めをしていたので、すこし角度《かくど》をかえると、あんがいかんたんに足《あし》をぬきだすことができた。ふくらはぎのあたりが、しびれるようにいたんだが、おかあさんはかまわずに、戸口《とぐち》のほうへびっこをひきひきかけていった。

そのとたん、目《め》の前《まえ》のやみがぱっとひらけた。外《そと》にいる人《ひと》が、根気《こんき》よくおしたりひいたりしたおかげで、かたむいていた戸《と》がいちどにはずれてたおれたのだ。

おかあさんがとびだすのと、そとの人《ひと》がとびこんでくるのと、いっしょだった。

「ありがとう、どうもありがとう」

「よかった、よかった。けがはしなかったかい」

ふたりの声《こえ》がぶつかりあう。まだ息《いき》をきらしながら、たすけてくれた人《ひと》の顔《かお》をすかして見《み》て、おかあさんはおどろいた。それは、あの山崎《やまざき》さんだったのだ。

おかあさんが、とっさに声《こえ》をだせないでいると、山崎《やまざき》さんはむやみに頭《あたま》をかきながら、どもりどもり、こんなことをいった。

「いやあ、昼間《ひるま》はすまなかった。あんなにおこったりして、おれ、どうかしてたんだ。おれって、よっぽどくいしんぼうなんだな。キュウリが折《お》れたくらいで、あんなにどなったりしてさ……。あとになったら、はずかしくてね。あんたの顔《かお》が見《み》られなかった」

あとであやまっておこうと思《おも》いながら、つい、てれくさくてまごまごしているうちに、この空襲《くうしゅう》である。山崎《やまざき》さんは、おなじへやの患者《かんじゃ》さんに手をかして、むちゅうで防空ごうへひなんしたが、そこへおちついたとたんに、病院《びょういん》のあたりで、すさまじい爆発《ばくはつ》の音《おと》がした。あとでわかったことだが、どういうつもりか、B29が一発《いっぱつ》だけ、気《き》まぐれな爆弾《ばくだん》を落《お》としていったのだ。

まもなく、敵機《てっき》の爆音《ばくおん》もきこえなくなり、火災《かさい》のおこったようすもないので、やっとおちついて点呼《てんこ》をとってみると、ひとりだけたりない。たりないのがだれだかは、すぐにわかった。しかし、さがしにいこうにも、看護婦《かんごふ》さんたちは、おもい病人《びょうにん》のせわにかかりきりで手《て》がはなせない。そこで、山崎《やまざき》さんがまっさきにとびだしてきたという。

「今夜《こんや》あんたに死《し》なれたら、あやまるときがなくなる。こりゃたいへんだと思《おも》ってね……」

山崎《やまざき》さんは、また、てれくさそうに頭《あたま》をかいた。あつい防空《ぼうくう》ずきんをかぶっているために、ひどくかきにくそうなので、こんなときだというのに、おかあさんはおかしくなった。

そのとき、夜空《よぞら》に高《たか》くサイレンの音《おと》が鳴《な》りわたった。空襲警報解除《くうしゅうけいほうかいじょ》である。もう安心《あんしん》だ。つめたい夜《よる》の空気《くうき》が、きゅうにおいしくかんじられる。山崎《やまざき》さんとおかあさんは、顔《かお》を見《み》あわせて、はじめてにっこりした。

「ふうん、たいへんだったんだなあ」

「そんなににげまわったりして、患者《かんじゃ》さんたち、病気《びょうき》がわるくならなかった?」

それからみんなが病院《びょういん》へかえってみると、爆弾《ばくだん》は建物《たてもの》からすこしはなれたところに落《お》ちたらしく、あおりをくって、通用口《つうようぐち》がめちゃめちゃにこわれただけで、病室《びょうしつ》はほとんどぶじだった。患者《かんじゃ》さんたちも、それでほっとして、めいめいのへやにおさまった。

けれども、やはり、きゅうにからだをうごかしたのがいけなかったとみえて、あくる日《ひ》になると、何人《なんにん》かが熱《ねつ》をだした。山崎《やまざき》さんも村田《むらた》さんもそのなかまだった。

「村田《むらた》さんは、それからわるくなるいっぽうで、ひと月《つき》ほどすると、とうとうなくなってね……。もうすこし生《い》きてれば、いい薬《くすり》もできたし、氷《こおり》だっていくらでもつくれるようになったのにねえ……」

「山崎《やまざき》さんて人《ひと》は？　まだ生《い》きてるの？」

「ええ、ええ、生《い》きてますとも。あの人《ひと》は若《わか》かったせいか、すぐにまたもちなおしてね。それにまもなく戦争《せんそう》がおわって、夜中《よなか》ににげまわったりしなくてもよくなったし、新《あたら》しい薬《くすり》もでてきたおかげで、すっかりなおって退院《たいいん》したの。それからじきに、いいおよめさんをもらって、いまでは、ふたりの元気《げんき》な男《おとこ》の子《こ》のおとうさんになってるわ」

つめたいひょうでやたらにこすったせいか、おかあさんのほほがちょっと赤《あか》くなった。そして、もうひとことつけくわえた。

「山崎《やまざき》さんはね、そのおよめさんのところへ結婚申《けっこんもう》しこみにいくとき、自分《じぶん》でつくったキュウリをざるにいっぱい、おみやげにもっていったのよ」

「なあんだ、やっぱりそうか」

一郎《いちろう》がうれしそうにわらいだした。

「だから、おとうさんもおかあさんも、いまでもキュウリがすきなんだね」

次郎《じろう》はまだ気《き》がつかず、きょとんとしておかあさんの顔《かお》を見《み》あげている。

雲《くも》がきれて、窓《まど》に明《あか》るい日《ひ》がさしはじめた。消《き》えのこりのひょうが、スギの木《き》の枝《えだ》できらきら光《ひか》っている。

そして、トンキーもしんだ

たなべまもる

たなべまもる

もう、なん年《ねん》もなん年《ねん》もまえのことです。

せんそうがはじまっても、うえののどうぶつえんはいつもにぎやかでした。

なかでもにんきものは、げいとうのじょうずな三《さん》とうのぞうでした。

「さあさあ、ワンリーのつなひきがはじまるよ」

わっとあつまるこどもたち。

ほら、ワンリーもとても、たのしそう。

ほんとうに、ぞうはみんなのなかよしでした。

ワンリーは、シャムのくに、いまのタイのしょうねんだんがおくってくれた、めすのぞう。

りこうなめすのトンキーと、ちょっとあばれもののおすのジョンは、まだこどもだった二十年《にじゅうねん》もまえ、インドからきたぞうでした。

せんそうがつづくうちに、どうぶつたちのえさがしだいにたりなくなってきました。

どうぶつえんでは、とおくのほうへ、くさかりにいったり、はたけにいもをうえたりして、

「うちのどうぶつたちに、ひもじいおもいをさせるものか」

と、がんばっていました。

そんなときのことです。

とつぜん、とうきょうとのやくしょから、たいへんなめいれいがくだりました。

「ジョンをころすこと。えさもたりないのに、あばれもののぞうはじゃ

まだ」

「そんなむちゃな……。ジョンはくさりにつながれていますが、だれもじゃまだとおもうものはおりません」

が、いくらはんたいしても、めいれいはかわりません。

かわいそうに、ジョンはえさも、みずも、もらえなくなりました。

しょうわ十八年《じゅうはちねん》。なつ。八月《はちがつ》のことでした。

それから、三日《みっか》めのことです。

えんちょうだいりのふくださんが、もっとおそろしいめいれいをうけて、かえってきました。

「ざんねんだ！　ぞうやもうじゅうを、おおいそぎで、一《いっ》とうのこらずころさなければならなくなった」

「なんですと？」

「なぜです？」

「どうして……？」

しいくがかりのおじさんたちは、まっかになってさけびました。

「きいてくれ。もしも、てきのばくだんがおちてきて、おりがこわれて、もうじゅうたちがあばれだしたりしたらきけんだからだ」

「ばかな！　あすにもてきのひこうきが、とんでくるんですか？」

たしかに、そのしんぱいはまだありませんでした。

「それなのに、なん年《ねん》もだいじにかってきたどうぶつたちを、このてころせなんて、いくらめいれいでもできません！」

ふくださんは、みんなをけんめいになだめながらいいました。

「すまん。もうじゅうたちのことはあきらめてくれないか。そのかわり、せめてトンキーとワンリーだけでもたすけたい。いや、たすけてみせる。だから、おねがいだ」

ふくださんたちのひっしのねがいがつうじたのか、せんだい*のどうぶ

せんだい　宮城県仙台市《みやぎけんせんだいし》。

つえんで、ぞうばかりかくろひょうもあずかってもらえることになりました。

さっそく、せんだいからかかりの人《ひと》がやってきて、えきではすぐにもかしゃ*でおくりだすてはずがつきました。

「よかった！　ほんとうによかった！」

かけがえのないいのちが、たとえ、二《に》とう、三《さん》とうでもたすかることになりました。

ところが、おおよろこびでやくしょへかけつけたふくださんは、

「かってなまねをして、なにごとだ！　いったい、なんのためのめいれいだ」

と、ひどくしかられてしまいました。

このめいれいのほんとうのいみは、にんきもののぞうまでころすことで、このせんそうがどんなにたいへんなことになっているかを、日本《にほん》

かしゃ　貨物《かもつ》を運《はこ》ぶ鉄道車両《てつどうしゃりょう》。

じゅうのこくみんにわからせるためだったのです。

もう、こどもたちは、なかよしのぞうとあそぶこともできなくなりました。

トンキーも、ワンリーも、ぞうのこやにとじこめられて、ジョンのように、えさも、みずも、もらえなくなったのです。

そのあいだにも、どうぶつえんでは、こうじちゅうのふだをたてたりして、だれにもみえないようにしながら、もうじゅうたちをしなせていきました。

きのうは一《いっ》とう、きょうは二《に》とうと、つぎつぎにどくをのませるのです。

おおきなしろくまなどはどくがきかず、しかたなくくびをしめたりして、はやくしねるようにしてやりました。

「もう、だめだ。これいじょう一《いっ》とうだってころせはしない」

かかりのおじさんたちは、あまりのおそろしさにあおざめて、よるもねむれなくなりました。

けれども、やくしょからは八月《はちがつ》ちゅうにかたづけてほしいと、や*のようなさいそくです。

八月《はちがつ》二十九日《にじゅうくにち》。

ぞうのジョンが、ついにほねとかわだけになってしまいました。どしんと、すごいおとをたてたおれた、ということです。

えさをもらえなくなってから、十七日《じゅうしちにち》めのことでした。

九月一日《くがつついたち》。

アメリカやぎゅう*も、ころされました。

てきのくにからおくられてきた、どうぶつだったからです。

この日《ひ》まで、わずかなあいだに、二十四《にじゅうよん》とうものだいじないのちがうばわれました。

やのようなさいそく　早《はや》く早《はや》くとせきたてること。

アメリカやぎゅう　アメリカバイソン。大《おお》きなもので、体長《たいちょう》3m、体高《たいこう》1.8m、体重《たいじゅう》1.5tにもなる。毛色《けいろ》は黒褐色《こっかっしょく》で、肩《かた》から胸《むね》の毛《け》は長《なが》くなっている。草食性《そうしょくせい》。

めずらしいどうぶつばかりでした。

まるで、おおきなあながぽっかりあいたように、どうぶつえんはしんとしずまりかえってしまいました。

さるだの、アシカだの、げんきにあそんでいたどうぶつたちも、おびえているのか、すっかりおとなしくなりました。

おおぜいのこどもたちでにぎわったあのころは、いったい、どこへいってしまったのでしょう。


とつぜん、うえののもうじゅうたちのことが、しんぶんにはっぴょうされて、せけんをあっとおどろかせました。

そして、九月四日《くがつよっか》。

さかんないれいさい*が、どうぶつえんのひろばではじまりました。

しきりにせみがなくなかで、しきにあつまったこどもたちのすすりな

いれいさい　死者《ししゃ》の霊《れい》を慰《なぐさ》め鎮《しず》めるために行《おこな》う祭典《さいてん》。

くこえがきこえます。

「ワンリーも、トンキーも、みんなしんでしまったんだ」

えらい人《ひと》たちが、かわるがわるあいさつをしています。

「これが、せんそうというものだ」

「どうぶつたちは、おくにのためにしんでくれたのだ」

それにしても、土《つち》のしたでねむっているどうぶつたちは、このいれいさいをどのようにおもったことでしょうか。

けれども、ワンリーも、トンキーも、まだいきていました。

おなかをすかせて、よわりきっていましたが、だれかがこっそりとえさをたべさせていたからです。

いれいさいがあった日《ひ》も、しいくがかりのおじさんがポケットにかくしたものを、トンキーのくちにいれてやっているところでした。

ちょうど、こやをのぞいたふくださんは、むねがせつなくなりました。

でも、もうしんだことになっているぞうを、いつまでもいかしておくことはできません。

「いっそ、どくでひといきにしなせてやろう」

と、ふくださんはけっしんしました。

まず、トンキーにどくをまぜたじゃがいもをたべさせてみることにしました。

ところが、トンキーはどくがはいっているのと、そうでないのとを、じょうずによりわけて、どくいりじゃがいもをぽんぽんはねとばしてしまうのです。

「ああ、こんなにりこうなトンキーをしなせなければならないとは……。おれたちは、なんというばかなことをしているのだろう」

ふくださんはつらいきもちをおさえて、きびしくみんなにいいつけました。

「もう、ひとにぎりのくさも、いってきのみずも、ぜったいにやってはいけないよ。いいね」

なん日《にち》かたちました。

トンキーよりもげんきそうだったワンリーに、きけんがせまっていきます。

しゅくちょくのとうばんは、てつやでかんびょうをすることになりました。

えさをやることもできず、せめてからだでもふいてやるほかない、とてもかなしいかんびょうです。

ふと、ワンリーはバケツのみずにはなをのばしました。

「あ、いけない」

と、とめるまもありませんでした。

が、ワンリーは、すいこんだみずを、じぶんのせなかにふりかけるのでした。

ひふがひびわれ、ねつをもって、よほどくるしかったにちがいありません。

「ああ、ワンリー……」

おじさんは、なみだがとまらなくなりました。

――えんちょうだいりのふくださんのにっき――
〈九月十一日《くがつじゅういちにち》。どようび。はれ。
ごご九《く》じ二十五《にじゅうご》ふん、ワンリーがしんだ。トンキーはかわらず。
ごぜん二《に》じ。トンキー、はなでワンリーのからだにさわっている〉
「かわいそうに。やせこけて、しわだらけになってしまって……」
ふくださんたちは、あさになっても、ワンリーのそばをはなれることができませんでした。

ワンリーは、しだいにつめたくなりました。

ワンリーがしんで、十日《とおか》ちかくたちました。

けれども、トンキーはいきていました。

あれからなにもたべていないのに、ふしぎないのちの力《ちから》です。

それに、トンキーはまだ、のぞみをすててはいなかったのです。

〝いきよう！　いつかだれかが、きっとたすけにきてくれる。それまで、いきなくては……〟

さくによりかかりながら、トンキーはひっしのおもいでたっているのです。

もし、ひざをついてしまったら、二《に》どとたちあがれないことをしっているのです。

ときおり、トンキーは、ちいさな目《め》をやさしくほそめてなくのでした。

そのなきごえは、もうかすかでしたが、まるでだれかにあまえているようにきこえました。

とおいふるさとのおかあさんのことを、おもいだしていたのでしょうか。

トンキーのくるしみを一日《いちにち》もはやくとりのぞいてやるために、りくぐんじゅういがっこうにたのんで、せいさんかりといういちばんおそろしいどくをつかうことになりました。

が、トンキーはのこった力《ちから》をふりしぼって、おじさんたちをはねのけ、のもうとしません。

りくぐんのじゅういさんもあきらめました。

*このうえは、だれもたすけにきてくれないことを、はっきりと、トンキーにわからせるほかはありません。

トンキーのこやは、たちいりきんしになりました。

このうえは　このような事態《じたい》になったからには。

それでもしんぱいで、そっとのぞいたりすると、トンキーはげいとうをしてみせようとするのでした。

〝おねがい、たすけて！　たすけてください〟

トンキーは、げいとうをやめません。

「すまん。かんにんしておくれ」

のぞいた人《ひと》は、だれもこえをあげてなくのでした。

九月《くがつ》二十三日《にじゅうさんにち》。よあけまえ。

ながいくるしみのすえに、とうとうトンキーも、いきをひきとりました。

けれども、そのねがおはとてもやすらかでした。

にんげんのともだちとして、にんげんをしんじきって、トンキーはいきて、そして、しんでいったのでした。

とうきょうにばくだんのあめがふるようになったのは、それから……
一年《いちねん》と二《に》か月《げつ》もたってからのことでした。

大《おお》もりいっちょう

長《なが》崎《さき》源《げん》之《の》助《すけ》

むかし、せんそうがありました。

子《こ》どもたちは空《くう》しゅうからのがれて、学校《がっこう》ぐるみいなかへそかい*しました。ススムたちがいったのは、山《やま》のなかの古《ふる》いお寺《てら》でした。

かぞくからとおくはなれてくらすそかいのせいかつは、つらいことばかりでした。なかでも一《いち》ばんつらかったのは、しょくじがとてもすくなかったことです。

「くいてえ、くいてえ、くいてえなあ。はらいっぱいくいてえなあ。」

ヒコジときたらいつもそんなことをいっていました。

「だまれ。おまえの声《こえ》をきくと、よけいはらがへらあ。」

はんちょうのコウタがしかると、ちょっとのあいだだけいうのをやめ

そかい　疎開《そかい》。空襲《くうしゅう》や火災《かさい》の被害《ひがい》を避《さ》けるために、都市部《としぶ》の子《こ》どもを地方《ちほう》都市《とし》や農村《のうそん》へ一時的《いちじてき》に移住《いじゅう》させたこと。

ますが、すぐにまた「くいてえ　くいてえ　くいてえなあ」をくりかえしました。

ヒコジのもんくをきいて、ススムはおかあさんのざっしにのっていたデコレーションケーキのしゃしんをおもいだしました。

「ああ、あんなすばらしいおかし、はらいっぱいたべたら、どんなにいいだろうなあ。」

とかんがえました。

絵《え》をかくのがすきなススムは、そのデコレーションケーキをあたまにうかべながら、かいてみました。いろいろな色《いろ》のクレヨンをつかっていっしょうけんめいおいしそうにかきました。

「ほう、うまそうじゃんか。これ、おれにくれよ。な、いいだろ。」

コウタは、絵《え》をひったくると、むしゃむしゃとたべるまねをしました。

「うわあ、うめえ。とってもうめえぞお。」

コウタのいいかたがほんとうにおいしそうでしたので、子《こ》どもたちは、ごくりとつばをのみこみました。

「おい、ススム、おれにもかいてくれよ。おれは、とんかつがいいや。」

とマサオがいいました。

「ススム、おれにはにぎりずしをたのむな。」

ハジメもいいました。ほかの子《こ》どもたちも、口《くち》ぐちにすきなものをちゅうもんしました。

カレーライス、あんぱん、ごもくそば、あんころもち、いなりずし、ビフテキ、エビフライ……。もうずいぶんながいあいだおめにかかってないものばかりでした。

「おれにもたのむよ、ススム。おれは白《しろ》いごはんだけでいいからさ、どんぶりに大《おお》もりにしておくれよ。な、な、たのむよ。」

ヒコジははなじるをすすりながらいいました。

「白《しろ》いごはんなんてかんたんにかけるだろ。だからさ、さきにかいておくれよ。」

「なにいってるんだ。おまえなんかいちばんあとだ。」

とコウタは、ヒコジをつきとばしていいました。

「それより、ススム、おれにうなどんをいっちょうたのむよ。大《だい》しきゅうだ。」

コウタは力《ちから》もちでらんぼうものです。コウタのいうことをきかないと、どんなにいじめられるかわかりませんので、ススムは、まずコウタのうなどんをかきました。

それから、とんかつやにぎりずしやあんぱんやカレーライスなどを、つぎつぎにかきました。かきあがるたびに、しょくどうのむすこのアサキチが、

「うなどんいっちょう、あがりーっ。」

とか、

「とんかついっちょう、あがりーっ。」

などと、どなりました。アサキチはススムのそばにつきっきりで、絵《え》をかくのをしたなめずりしながら見《み》ていました。

ススムもたべものの絵《え》をかいているときだけがしあわせでした。

子《こ》どもたちは、朝早《あさはや》くおきると、東京《とうきょう》のほうにむかって、

「おとうさん、おかあさん、おはようございます。」

とあいさつしました。

どんなさむい日《ひ》でも、かんぷまさつをしました。あばらぼねのうきでた、ぺちゃんこなむねをして、

「いっち、にっ。いっち、にっ。」

と、てぬぐいでからだをこすりました。そのあと、手《て》がきれそうなほどつめたい水《みず》で、ろうかや本堂《ほんどう》のいたのまのぞうきんがけをしました。

それからやっと朝《あさ》のしょくじになります。ほんのすこしのむぎめしと、みなどろくにはいってないみそしるです。

たべおわると、がっかりしてしまって、たべるまえよりよけいおなかがへったようなきもちになりました。

べんきょうはすこしだけしかやらないで、まい日山《にちやま》へたきぎをとりにいきました。

あまりごはんをたべてないので、たきぎをしょってけわしい山《やま》みちをのぼったり下《くだ》ったりするのは、とてもたいへんでした。子《こ》どもたちは、青《あお》いかおをしてふうふうあえぎました。

「くいてえ、くいてえ、くいてえなあ。」

ヒコジはあるきながら、口《くち》の中《なか》でくりかえしていました。

ある日《ひ》、ヒコジはおなかをこわしました。おちていたみかんのかわをたべたのがもとだそうです。

そのばんヒコジは、夕《ゆう》ごはんぬきをいいわたされました。ひとりたべなければ、そのぶんだけじぶんたちがよけいたべられるので、みんなよろこびました。

ヒコジは、げっそり目《め》をくぼませて、なきべそをかいていいました。

「なあ、ススム、おれに大《おお》もりの絵《え》をかいておくれよ。なあ、たのむよ。」

でも、ススムは、絵《え》をかいてやりませんでした。どんぶりに白《しろ》い大《おお》もりのごはんをかくだけなんか、おもしろくもなんともありませんものね。

それにススムは、ヒコジをすこしばかにしていたので、ヒコジのいうことなんかきいてやるつもりはありませんでした。

ススムは、ほかの子《こ》のちゅうもんの絵《え》をせっせとかきました。

「ああ、うめえ。ほっぺたがおちそうだ。」

子《こ》どもたちは、わざとヒコジに見《み》せびらかしながら、たべるまねをしました。ヒコジは、こらえきれなくなってなきだしてしまいました。

そのばん、ヒコジはお寺《てら》からにげだしたのです。朝《あさ》になって気《き》がついた先生《せんせい》たちは、むちゅうでさがしました。

ヒコジは、たかいがけの下《した》におちてしんでいました。

よみちにまよって足《あし》をふみはずしたのでしょう。ヒコジは、おなかがすいてにげだしたにちがいありません。東京《とうきょう》のいえにかえれば、なにかたべられるとでもおもったのでしょう。

「くいてえ、くいてえ、くいてえなあ。」

ヒコジは、白《しろ》いごはんをはらいっぱいたべるしあわせをゆめ見《み》ながら、むちゅうでかけていったことでしょう。

ススムは、木《き》ぎのあいだにほしがちかちかこおっているくらいみちを、ヒコジがのぼっていくすがたをそうぞうしました。

（もし、ぼくが大《おお》もりの絵《え》をかいてやっていたら、ヒコジはにげなかったかもしれない。そうすれば、がけからおちなくてもすんだんだ。ヒコジをころしたのは、ぼくかもしれない。）

そうおもうと、ススムはこころがこおりつきました。ススムは、白《しろ》いごはんを大《おお》もりにした絵《え》をかいて、ヒコジのつくえにのせました。

「大《おお》もりいっちょう、あがりーっ。」

むねの中《なか》でいったら、なみだがどっとあふれました。

ブッとなる閣《かく》へひり大臣《だいじん》

古田足日《ふるたたるひ》

古田足日

ぼくが子《こ》どものとき、うちに「屁《へ》の本《ほん》」という本《ほん》がありました。

そのひょうしのえを、ぼくはまだおぼえています。じだいは江戸《えど》じだいと見《み》えて、ちょんまげの男《おとこ》たちや、きものをきた女《おんな》たちが、しおひがりをやっている。そのうちのひとり、*しりをからげて、下《した》をむいてすなをほっている男《おとこ》のふんどしのあいだから、きいろいへが、空《そら》にむかってたちのぼっているえです。

いろのあざやかなえで、その男《おとこ》のそばの女《おんな》の人《ひと》が、口《くち》に手《て》をあててわらっていたことも、おぼえています。いや、それとも、はなをつまんでいたのでしょうか。

ぼくのうちでは、どのへやにも本《ほん》だなが、いくつもおいてあって、本《ほん》

しりをからげて　着物《きもの》の後《うし》ろの裾《すそ》をまくり上《あ》げて、端《はし》を帯《おび》にはさむ。

がぎっしりつまっていて、はみだした本《ほん》は、たたみの上《うえ》につんでありました。

この本《ほん》の山《やま》の中《なか》から、「屁《へ》の本《ほん》」を見《み》つけだしてきたのは、二《ふた》つ上《うえ》の兄《あに》でした。兄《あに》はとくいそうに、ひょうしを見《み》せびらかし、ぼくは、兄《あに》がその本《ほん》をよんでしまうのを、じりじりしながらまちました。

それから、ぼくたちきょうだいのうち、あねと小《ちい》さい弟《おとうと》たちをのぞいて、上《うえ》の四人《よにん》は、この本《ほん》になみなみならぬかんしんをよせ、この本《ほん》を手《て》がかりにへのけんきゅうをはじめました。

「へをにぎることが、できるとおもうか。」

と、いったのは、やはり兄《あに》でした。本《ほん》の中《なか》には、くさいものとして「にら、にんにく、にぎりっぺ」と、いうことばがありました。

だが、えにこそは、ほそ長《なが》い、さかさ三《さん》かくけいのきいろいへが、かかれていますが、ほんとうは、目《め》に見《み》えないへをにぎることができるでしょうか。ぼくたちは、じっけんをしなければならない、とおもいました。

　ブッと音《おと》がしたとき、ぼくたちは、さっとしりに手《て》をのばして、目《め》に見《み》えないそれをつかむと、じぶんや弟《おとうと》のはなさきへもっていきました。

　じっけんというのは、やはりやってみるもので、まずわかったのは、音《おと》のしないへはくさいときがおおいが、音《おと》の高《たか》いへはあまりくさくない、ということでした。

　つづいて、にぎりっぺはたしかにくさい、ということもわかり、また、たにんのへをつかむのはむずかしく、じぶんのへをつかむのはかんたんである、ということもわかりました。

　ぼくたちはさらにけんきゅうをつづけ、遠大《えんだい》なのぞみをたてました。そののぞみは、じゆうじざい、いついかなるときにでも、高《たか》い音《おと》、ひくい音《おと》、おもうままの音《おと》のへをひる*ことのできる、偉大《いだい》なげいじゅつ家《か》に

ひる　出《だ》す。

なろう、というのぞみでした。

「屁《へ》の本《ほん》」には、そういう人《じん》ぶつのことがちゃんと書《か》かれていました。江戸《えど》じだい、ウグイスのなき声《ごえ》をへでかなでる男《おとこ》があらわれ、それをきいた、エレキテルのはつめい家《か》平賀源内《ひらがげんない》*は「放屁論《ほうひろん》」というろん文《ぶん》を書《か》いた――と、その本《ほん》にありました。「放屁《ほうひ》」というのは、へをひることです。

しかし、ぼくは、江戸《えど》の見世物小屋《みせものごや》*でしりからホーホケキョと、音《おと》をだしたこの人《じん》ぶつよりも、フランス王《おう》の宮《きゅう》ていにつかえていたという男《おとこ》のほうに、心《こころ》をひかれました。この男《おとこ》はへでドレミファをやる、つまりへの音《おん》がくをかなでることができたのです！

ああ、世《よ》の中《なか》にはなんという偉大《いだい》な人《じん》ぶつがいることでしょう。ぼくはこの人《じん》ぶつをそんけいし、この人《じん》ぶつのようになりたいとおもいました。なぜなら、ぼくは音《おん》ちで、ぼくのうたときたらひどいものだったか

平賀源内《ひらがげんない》　江戸《えど》中期《ちゅうき》に自然科学《しぜんかがく》、殖産事業《しょくさんじぎょう》の分野《ぶんや》で活躍《かつやく》した（1728〜1779）。「エレキテル」などヨーロッパの進《すす》んだ技術《ぎじゅつ》を日本人《にほんじん》に紹介《しょうかい》したほか、「万歩計《まんぽけい》」や「寒暖計《かんだんけい》」などさまざまなものを作《つく》った。戯作《げさく》・浄瑠璃《じょうるり》にも才能《さいのう》を発揮《はっき》した。

見世物小屋《みせものごや》　珍《めずら》しいものや奇術《きじゅつ》、曲芸《きょくげい》などを見《み》せて料金《りょうきん》を取《と》る催《もよお》しを行《おこな》う小屋《こや》。

らです。ぼくは、口《くち》でうたえないんだから、しりでうたうようになろう、とこの人《じん》ぶつをしったときにけっしんしたのです。

そして、そうけっしんすると、ぎっしりと人《ひと》でうずまった大《だい》ホールで、*フロックコートをきて、ライトをあびながら、へのえんそう会《かい》をひらいているぼくのすがたが、おもわず目《め》にうかんできて、ぼくはたのしい気《き》もちになりました。

でも、高《たか》い音《おと》、ひくい音《おと》とへをひりわけるのは、むずかしいことです。ぼくたちはまず、いつでもへをひることのできる人《じん》ぶつになることを、めざしました。

本《ほん》には、ちゃんとそのほうほうも書《か》いてありました。へそから水平《すいへい》せんをひき、*もうちょうのところからすいちょくせんをひき、その二《ふた》つのせんのこうさてんをおせば、へがでる、というのです。

ぼくたちきょうだいは、ひまをおしんで、そこをおすどりょくをかさ

フロックコート　男性《だんせい》の昼間用《ひるまよう》の礼《れい》服《ふく》。上衣《じょうい》はフロントボタンが2列《れつ》あるジャケットで、襟《えり》に黒絹《くろぎぬ》をかぶせてあり、ひざ丈《たけ》まである。縞《しま》のズボンを組《く》み合《あ》わせて着《き》る。

もうちょう　小腸《しょうちょう》に続《つづ》く、大腸《だいちょう》の始《はじ》まりの部分《ぶぶん》。右下腹部《みぎかふくぶ》にある。

ねました。ぼくは中学校《ちゅうがっこう》の一年生《いちねんせい》でしたが、じゅぎょうちゅうでも、いつも右手《みぎて》のおやゆびで、へのでるばしょをおしてはゆるめ、おしてはゆるめていたのです。

いつのまにか、ぼくたちは朝《あさ》おきると、へであいさつするようになりました。

「おはよう」というかわりに、ブッとしりから音《おと》をだすのです。かたいっぽうが「おはよう」といったのですから、もういっぽうも、ちゃんと音《おと》をたててそれにこたえなければなりません。それができないときには、とてもくやしいおもいでした。

ぼくたちきょうだいは、家《いえ》の中《なか》ですれちがったりするときにも、おたがいにブッとあいさつしました。すぐにこたえられないときには、「おまえ、あかんねや（だめだな）」と、けいべつされました。

ぼくはそのころ、学校《がっこう》の朝《ちょう》れいのときに、うんどうじょういっぱいになりひびくへヽをひって、ぜんこうせいと七百人《ななひゃくにん》をわらわせたことがありました。そのはんヽ人《にん》がぼくだとわかったあと、兄《あに》の学年《がくねん》には、わが家《や》のならわしがもちこまれました。組《くみ》のちがう友《とも》だちが、ろうかやうんどうじょうですれちがうと、おたがいにしんあいのじょうをこめて、ブッとへヽをひるのです。

ぼくは上級生《じょうきゅうせい》になんどもそれをやられましたが、ぼくはいつも、あいての音《おと》より一《いち》だん高《たか》い音《おと》で、あいさつをかえしたものでした。

このようにくしんをかさね、どりょくをつづけたかいはありました。ぼくたちきょうだいは、じゆうじざいとはいかないまでも、おやゆびではらをおせば、三《さん》どに一《いち》どはしりのほうで音《おと》がする、というところまでにたどりつきました。

そこで、ある日《ひ》——ぼくはもう二年《にねん》になっていて、一《いち》がっきのしけんがおわり、夏休《なつやす》みにはいろうとしているころだったとおもいます——兄《あに》はぼくたち弟《おとうと》をあつめていいました。

「これだけへをひれるようになったけん（から）、一《いっ》かい、へのしあいをやってみるか。ヘリンピックじゃ。」

つまり、十分間《じっぷんかん》なら十分間《じっぷんかん》のうちに、なんぱつへをひることができるか、というきょうぎ大会《たいかい》をひらこう、ということです。

ぼくたちはもちろんヘリンピックかいさいに大《だい》さんせいでした。そして、そのきょうぎ大会《たいかい》をもっとおもしろく、もっとしんけんなものにするために、なんぱつへをひるかによって「へのくらい」*をきめることにしました。大《たい》しょう、中《ちゅう》じょうというようなくらいです。

しかし、大《たい》しょうなどというのは、ありきたりでおもしろくありません。

ぼくたちは「へのくらい」のいちばん上《うえ》を、ヘトラーときめました。

そのころの日本《にほん》の同《どう》めい国《こく》ドイツの総統《そうとう》*ヒトラーからかんがえついたも

くらい　地位《ちい》や身分《みぶん》の上下関係《じょうげかんけい》。階《かい》級《きゅう》。

ヒトラー　ドイツの政治家《せいじか》、ナチスの指導者《しどうしゃ》（1889〜1945）。対外侵略《たいがいしんりゃく》を強行《きょうこう》して第二次世界大戦《だいにじせかいたいせん》を引《ひ》き起《お》こした。

ヘス　1920年《ねん》ナチ党《とう》に入党《にゅうとう》し、1933年《ねん》ナチ党総統代理《とうそうとうだいり》となった。

のでした。だい二《に》いはヘス*、このヘスはやはりドイツの副総統《ふくそうとう》でした。またゲ*ーリングという空軍大臣《くうぐんだいじん》からヘーリング、またせんでん大臣《だいじん》ゲ*ッペルスからヘッペルスという名《な》をとりました。

音《おと》なしのへはかずにはいらない、というルールもきめました。

　こうして、ばんめしのあと、きょうだい四人《よにん》、一《ひと》へやにあつまり、ファンファーレのかわりにブッと一《いっ》ぱつ、兄《あに》のへをあいずに、いよいよヘリンピックはかいさいされ、高《たか》いへ、ひくいへがなりつづけました。

　くさいへはなかったようでしたが、それでもたぶん、あとからこのへやにはいった人《ひと》は、くさかったろう、とおもいます。

　ゆうしょうしゃはぼくでした。たぶん三十分《さんじっぷん》ときめたきょうぎ時間《じかん》のあいだに、ぼくは百《ひゃっ》ぱついじょうへをひったようにおもいます。いや、六《ろく》、七十《ななじっ》ぱつだったかもしれません。

　と、いうのは、ゆうしょうしゃのぼくもさい高《こう》のくらい「ヘトラー」

ゲーリング　ゲシュタポ（ナチスドイツの秘密《ひみつ》国家《こっか》警察《けいさつ》）を組織《そしき》、空軍《くうぐん》の再建《さいけん》と軍備《ぐんび》拡大《かくだい》を推進《すいしん》した。

ゲッペルス　ナチス政権《せいけん》の宣伝相《せんでんしょう》として言論《げんろん》弾圧《だんあつ》や文化《ぶんか》統制《とうせい》、組織的《そしきてき》なユダヤ人迫害《じんはくがい》を行《おこな》った。

を手《て》にいれることができなかったからです。そして、「ヘトラー」はたしか百《ひゃっ》ぱつときまっていたのです。とにかく、ぼくはヘスになりました。

そのころの日本《にほん》のもう一《ひと》つの同《どう》めい国《こく》、イタリアのしどうしゃのム*ッソリーニからとった、とくべつのくらいブッソリーニを、さい年少《ねんしょう》さんかの四年生《よねんせい》の弟《おとうと》におくって、せいきのヘリンピックはおわりました。

そのあと、だれがいったのか、きおくしていませんが、だれかがいいました。

「ドイツやイタリアのえらい人《ひと》は、へにかんけいのある名《な》まえをもっとるのに、日本《にほん》の大臣《だいじん》はもっとらんな。」

これはぼくたちには、とてもざんねんなことでした。そこでぼくたちは、それこそへやということばにふさわしいそのへやの中《なか》で、とうろんし、日本《にほん》の総理大臣《そうりだいじん》もわれわれのめいよある「へのくらい」をもつべき

ムッソリーニ　イタリアの政治家《せいじか》（1883〜1945）。1922年《ねん》、クーデターにより政権《せいけん》を獲得《かくとく》。ファシスタ党《とう》の党首《とうしゅ》、首相《しゅしょう》となり、議会制民主主義《ぎかいせいみんしゅしゅぎ》を否定《ひてい》して、独裁体制《どくさいたいせい》を完成《かんせい》させた。ナチスのヒトラーと結《むす》んで第二《だいに》次世界大戦《じせかいたいせん》に突入《とつにゅう》したが、1943年《ねん》に反対派《はんたいは》により罷免《ひめん》、逮捕《たいほ》された。

である、ということにいけんがいっちしました。

しかし、その「くらい」がへスや、へーリングのようなかりものの名《な》まえではつまりません。ぼくたちは「ブッとなる閣《かく》へひり大臣《だいじん》」という名《な》まえをかんがえつきました。兄《あに》がいいました。

「よっしゃ、これできまった。総理大臣近衛文麿《そうりだいじんこのえふみまろ》*は『なる閣《かく》へひり大《だい》臣《じん》』じゃ。」

「そんなら総理大臣《そうりだいじん》に手紙《てがみ》だそうよ。」

と、いったのは、いったいだれだったのでしょうか。でも、そのことばをきいたとき、ぼくはうれしくなりました。内閣総理大臣《ないかくそうりだいじん》に「あなたは『ブッとなる閣《かく》へひり大臣《だいじん》』です。」

という手紙《てがみ》をだす、こんないたずらははじめてです。

だが、兄《あに》はおもおもしくいいました。

「手紙《てがみ》じゃいかん、じれいじゃ。」

近衛文麿《このえふみまろ》 大正《たいしょう》・昭和時代《しょうわじだい》の政治家《せいじか》(1891〜1945)。1937年《ねん》に内閣《ないかく》を組織《そしき》し日中戦争《にっちゅうせんそう》に突入《とつにゅう》した。1940年《ねん》には第2次内閣《だいじないかく》を組織《そしき》して新体制運動《しんたいせいうんどう》を展開《てんかい》し大政翼賛会《たいせいよくさんかい》を創立《そうりつ》、ドイツ・イタリアと三国同盟《さんごくどうめい》を結《むす》んだ。アメリカとの衝突回避《しょうとつかいひ》に尽力《じんりょく》したが、1941年《ねん》の第3次内閣《だいじないかく》では東条英《とうじょうひで》機陸相《きりくしょう》の対米主戦論《たいべいしゅせんろん》を抑《おさ》えきれず総《そう》辞職《じしょく》した。

「じれいいちゅうと?」

「その人《ひと》をどういうやくめにつけるかちゅうめいれい書《しょ》じゃ。はんもちゃんとおしてのう、ふでで書《か》くんじゃ。」

「だれがめいれいするん?」

「そうじゃねや。ヘトラーか、へ総統《そうとう》とするか。」

ぼくはもうむねがわくわくしてきました。手紙《てがみ》ではなく、ぼくたちが総理大臣《そうりだいじん》にめいれい書《しょ》をだすのです。

ぼくは、半紙《はんし》とすずりとすみをもってきて、すみをすりました。弟《おとうと》のひとりはイモばんをつくりはじめて、ききました。

「ただの総統《そうとう》でええかな?」

「そうじゃねや、大日本《だいにっぽん》、えーと、大日本《だいにっぽん》へっ国《こく》へ総統《そうとう》にするか。」

これもだれがいったのか、ぼくたちはどっとわらいました。そのころ、日本《にほん》は大日本帝国《だいにっぽんていこく》といっていたのが、「へっ国《こく》」となったし、へをひることを、「へをこく」ともいうことを、ぼくたちは「屁《へ》の本《ほん》」でしっていたのでした。

ぼくも半紙《はんし》にじれいを書《か》いているうちに、ぎもんがおこりました。

「総理大臣《そうりだいじん》とへひり大臣《だいじん》とじゃ、にすぎとらい*、ほかの大臣《だいじん》をへひり大臣《だいじん》にしてやったら？」

「うん、そのほうがええの。」

ぼくたちは近衛文麿《このえふみまろ》をへひり大臣《だいじん》ににんめいすることをやめて、陸軍《りくぐん》大臣《だいじん》東条英機《とうじょうひでき》*をへひり大臣《だいじん》にすることにきめました。

このじれいを書《か》くために、ぼくは十《じゅう》まいいじょうも、半紙《はんし》をむだにしたようにおもいます。

赤《あか》いイモばんもおし、やっとできあがったじれいを見《み》ているうちに、ぼくは、とつぜん不安《ふあん》になってきました。ぼくはいいました。

「もし、ぼくらがだしたちゅうのが見《み》つかったら、ぼくら、けいさつに

にすぎとらい　「似《に》すぎているよ」という意味《いみ》の方言《ほうげん》。

東条英機《とうじょうひでき》　軍人《ぐんじん》・政治家《せいじか》・陸軍大将《りくぐんたいしょう》（1884〜1948）。1941年《ねん》10月《がつ》に首相《しゅしょう》に就任《しゅうにん》し、陸相《りくしょう》、内務相《ないむしょう》を兼任《けんにん》した。太平洋戦争突入後《たいへいようせんそうとつにゅうご》、戦時独裁体制《せんじどくさいたいせい》を強化《きょうか》したが、戦況《せんきょう》が悪化《あっか》して批判《ひはん》が高《たか》まり、1944年《ねん》7月《がつ》に総辞職《そうじしょく》した。戦後《せんご》は、極東国際軍事裁判《きょくとうこくさいぐんじさいばん》（東京裁判《とうきょうさいばん》）でA級戦犯《きゅうせんぱん》として起訴《きそ》された。

つれていかれるんじゃなかろか？」

この気《き》もちは、いまの少年《しょうねん》少女《しょうじょ》にはわかりにくいかもしれません。しかし、そのころは、日本《にほん》が中国《ちゅうごく》にせんそうをしかけてから、もうなん年《ねん》もたっていたころです。せいふのわる口《くち》をいってつかまった、というようなはなしが、なんとなくぼくたちの耳《みみ》にもきこえてきていました。

そして、もしかしたら、ぼくたちのじれいをうけとった大臣《だいじん》は、かんかんになっておこるかもしれません。そうすると、つかまる——と、ぼくはおもったのです。

しかし、兄《あに》はいいました。

「へーきだ、*へでもない。」

ぼくたちはわらい、ぼくはふうとうに「東京市《とうきょうし》　陸軍大臣《りくぐんだいじん》　東条英《とうじょうひで》機《き》様《さま》」と書《か》いて、ふうをし、切手《きって》をはり、夜《よる》の道《みち》をポストまではしっていきました。弟《おとうと》のブッソリーニがいっしょだったとおもいます。

へでもない　問題《もんだい》とするに足《た》りない。何《なん》でもない。

ポストの中《なか》にコトンと、ぼくたちのじれいがおちる音《おと》をきいたとき、ぼくはまた、つかまったらいやだな、とおもわずくびをすくめましたが、ブッソリーニはいいました。

「大臣《だいじん》、あのじれい見《み》たら、へえ、ひるじゃろか？」

「へえひらん人《ひと》はおらんけんのう。」

ぼくの不安《ふあん》はきえ、かわりに、ぼくの頭《あたま》の中《なか》に、大臣《だいじん》たちのすがたがうかんできました。むねにくんしょう*をいっぱいさげて、陸軍大《りくぐんたい》しょうのふくをきた大臣《だいじん》や、白《しろ》いひげをはやした大臣《だいじん》や、頭《あたま》のはげた大臣《だいじん》がみんなあつまり、ブッ、ブッとへをひりあいながら閣議《かくぎ》*をやっているすがたでした。

おとなになったいまでも、ぼくはときどきあの「へひり大臣《だいじん》」のじれいのことをおもいだします。あのじれいを陸軍大臣東条英機《りくぐんだいじんとうじょうひでき》は見《み》て、

くんしょう　国家《こっか》や公共《こうきょう》に対《たい》する大《おお》きな功績《こうせき》を表彰《ひょうしょう》して国《くに》から授《さず》けられる記章《きしょう》。

閣議《かくぎ》　内閣《ないかく》がその職務《しょくむ》を行《おこな》うにあたり、意志《いし》を決定《けってい》する会議《かいぎ》。

へをひったでしょうか。それともひしょの人《ひと》かだれかが、「なんだ、こんなものは」といって、やぶってすててしまったのでしょうか。

とにかく、ぼくたちは、つかまりはしませんでした。しかし、へをひりながら閣議《かくぎ》をやる、ぼくのそうぞうは、それこそへのようにきえ、ぼくたちが「なる閣《かく》へひり大臣《だいじん》」ににんめいした東条英機《とうじょうひでき》は、その年《とし》十《じゅう》月《がつ》、内閣総理大臣《ないかくそうりだいじん》になり、十二月《じゅうにがつ》、大日本帝国《だいにっぽんていこく》は真珠湾《しんじゅわん》*をきしゅうして太平洋《たいへいよう》せんそうにつっこんでいき、やがてぼくたちはしょくりょうぶそくのために、力《ちから》のこもった、音高《おとたか》いへをひることもできなくなったのでした。

真珠湾《しんじゅわん》　アメリカのハワイ・オアフ島《とう》にある入《い》り江状《えじょう》の湾《わん》。1887年《ねん》以降《いこう》、太平洋《たいへいよう》におけるアメリカの重要軍事《じゅうようぐんじ》基地《きち》として利用《りよう》され、1908年《ねん》には大《おお》型船《がたせん》が出入《でい》りできるように海軍《かいぐん》によって改造《かいぞう》された。1941年《ねん》12月《がつ》8日《か》に日本軍《にほんぐん》による奇襲攻撃《きしゅうこうげき》（真珠湾《しんじゅわん》攻撃《こうげき》）を受《う》けた。

烏《からす》の北《ほく》斗《と》七《しち》星《せい》

宮《みや》沢《ざわ》賢《けん》治《じ》

つめたいいじの悪《わる》い雲《くも》が、地《じ》べたにすれすれに垂《た》れましたので、野《の》はらは雪《ゆき》のあかりだか、日《ひ》のあかりだか判《わか》らないようになりました。

烏《からす》の義勇艦隊《ぎゆうかんたい》*は、その雲《くも》に圧《お》しつけられて、しかたなくちょっとの間《あいだ》、亜鉛《とたん》の板《いた》をひろげたような雪《ゆき》の田圃《たんぼ》のうえに横《よこ》にならんで仮泊《かはく》*ということをやりました。

どの艦《ふね》もすこしも動《うご》きません。

まっ黒《くろ》くなめらかな烏《からす》の大尉《たいい》*、若《わか》い艦隊長《かんたいちょう》もしゃんと立《た》ったままうごきません。

からすの大監督《だいかんとく》はなおさらうごきもゆらぎもいたしません。からすの大監督《だいかんとく》は、もうずいぶんの年老《としょ》りです。眼《め》が灰《はい》いろになってしまってい

義勇艦隊《ぎゆうかんたい》　自発的《じはつてき》に組織《そしき》された戦闘部《せんとうぶ》隊《たい》。

仮泊《かはく》　艦船《かんせん》が天候《てんこう》や事故《じこ》などのために、一時的《いちじてき》に停泊《ていはく》すること。

大尉《たいい》　戦闘現場《せんとうげんば》の指揮《しき》をとる尉官《いかん》という分類内《ぶんるいない》の階級《かいきゅう》の一《ひと》つ。少佐《しょうさ》の一《ひと》つ下《した》の階級《かいきゅう》。

ますし、啼《な》くとまるで悪《わる》い人形《にんぎょう》のようにギイギイ云《い》います。

それですから、烏《からす》の年齢《とし》を見分《みわ》ける法《ほう》を知《し》らない一人《ひとり》の子供《こども》が、いつか斯《こ》う云《い》ったのでした。

「おい、この町《まち》には咽喉《のど》のこわれた烏《からす》が二疋《にひき》いるんだよ。おい。」

これはたしかに間違《まちが》いで、一疋《いっぴき》しか居《お》りませんでしたし、それも決《けっ》してのどが壊《こわ》れたのではなく、あんまり永《なが》い間《あいだ》、空《そら》で号令《ごうれい》したために、すっかり声《こえ》が錆《さ》びたのです。それですから烏《からす》の義勇艦隊《ぎゆうかんたい》は、その声《こえ》をあらゆる音《おと》の中《なか》で一等《いっとう》だと思《おも》っていました。

雪《ゆき》のうえに、仮泊《かはく》ということをやっている烏《からす》の艦隊《かんたい》は、石《いし》ころのようです。胡麻《ごま》つぶのようです。また望遠鏡《ぼうえんきょう》でよくみると、大《おお》きなのや小《ちい》さなのがあって馬鈴薯《ばれいしょ》のようです。

しかしだんだん夕方《ゆうがた》になりました。

雲《くも》がやっと少《すこ》し上《うえ》の方《ほう》にのぼりましたので、とにかく烏《からす》の飛《と》ぶくらいのすき間《ま》ができました。

そこで大監督《だいかんとく》が息《いき》を切《き》らして号令《ごうれい》を掛《か》けます。

「演習《えんしゅう》はじめいおいっ、出発《しゅっぱつ》」

艦隊 長烏《かんたいちょうがらす》の大尉《たいい》が、まっさきにぱっと雪《ゆき》を叩《たた》きつけて飛《と》びあがりました。烏《からす》の大尉《たいい》の部下《ぶか》が十八隻《じゅうはっせき》、順々《じゅんじゅん》に飛《と》びあがって大尉《たいい》に続《つづ》いてきちんと間隔《かんかく》をとって進《すす》みました。

それから戦闘艦隊《せんとうかんたい》が三十二隻《さんじゅうにせき》、次々《つぎつぎ》に出発《しゅっぱつ》し、その次《つぎ》に大監督《だいかんとく》の大《だい》艦長《かんちょう》が厳《おごそ》かに舞《ま》いあがりました。

そのときはもうまっ先《さき》の烏《からす》の大尉《たいい》は、四《し》へんほど空《そら》で螺旋《うず》を巻《ま》いてしまって雲《くも》の鼻《はな》っ端《ぱし》まで行《い》って、そこからこんどはまっ直《す》ぐに向《む》こうの杜《もり》に進《すす》むところでした。

二十九隻《にじゅうきゅうせき》の巡洋艦《じゅんようかん》*、二十五隻《にじゅうごせき》の砲艦《ほうかん》*が、だんだんだんだん飛《と》びあがりました。おしまいの二隻《にせき》は、いっしょに出発《しゅっぱつ》しました。ここらがど

巡洋艦《じゅんようかん》　遠《とお》くまで速《はや》く進《すす》むことができる軍艦《ぐんかん》の一種《いっしゅ》。

砲艦《ほうかん》　沿岸《えんがん》の警備《けいび》をおもに行《おこな》う大砲《たいほう》を備《そな》えた小型《こがた》の軍艦《ぐんかん》。

うも烏《からす》の軍隊《ぐんたい》の不規律《ふきりつ》なところです。

烏《からす》の大尉《たいい》は、杜《もり》のすぐ近《ちか》くまで行《い》って、左《ひだり》に曲《ま》がりました。

そのとき烏《からす》の大監督《だいかんとく》が、「大砲撃《たいほうう》てっ。」と号令《ごうれい》しました。

艦隊《かんたい》は一斉《いっせい》に、があがあがあがあ、大砲《たいほう》をうちました。

大砲《たいほう》をうつとき、片脚《かたあし》をぷんとうしろへ挙《あ》げる艦《ふね》は、この前《まえ》のニダナトラの戦役《せんえき》での負傷兵《ふしょうへい》で、音《おと》がまだ脚《あし》の神経《しんけい》にひびくのです。

さて、空《そら》を大《おお》きく四《し》へん廻《まわ》ったとき、大監督《だいかんとく》が、

「分《わ》れっ、解散《かいさん》」と云《い》いながら、列《れつ》をはなれて杉《すぎ》の木《き》の大監督官舎《だいかんとくかんしゃ》におりました。みんな列《れつ》を*ほごしてじぶんの*営舎《えいしゃ》に帰《かえ》りました。

烏《からす》の大尉《たいい》は、けれども、すぐに自分《じぶん》の営舎《えいしゃ》に帰《かえ》らないで、ひとり、西《にし》のほうの*さいかちの木《き》に行《い》きました。

雲《くも》はうす黒《ぐろ》く、ただ西《にし》の山《やま》のうえだけ濁《にご》った水色《みずいろ》の天《てん》の淵《ふち》がのぞいて底光《そこびか》りしています。そこで烏仲間《からすなかま》で*マシリイと呼《よ》ぶ銀《ぎん》の一《ひと》つ星《ぼし》がひらめ

ほごして　「ほぐす」の方言《ほうげん》。ほぐして。

営舎《えいしゃ》　兵隊《へいたい》が暮《く》らす兵営《へいえい》の建物《たてもの》。

さいかちの木《き》　マメ科《か》の樹木《じゅもく》。幹《みき》・枝《えだ》に多数《たすう》のとげがあり、葉《は》は複葉《ふくよう》。夏《なつ》に緑黄色《りょくおうしょく》で四弁《しべん》の細《こま》かい花《はな》が開《ひら》く。

マシリイ　水星《すいせい》を指《さ》し、その英語《えいご》「Mercury」から付《つ》いた呼《よ》び名《な》だと考《かんが》えられている。

きはじめました。

烏《からす》の大尉《たいい》は、矢《や》のようにさいかちの枝《えだ》に下《お》りました。その枝《えだ》に、さっきからじっと停《とま》って、ものを案《あん》じている烏《からす》があります。それはいちばん声《こえ》のいい砲艦《ほうかん》で、烏《からす》の大尉《たいい》の許嫁《いいなずけ》*でした。

「があがあ、遅《おそ》くなって失敬《しっけい》。今日《きょう》の演習《えんしゅう》で疲《つか》れないかい。」

「かあお、ずいぶんお待《ま》ちしたわ。いっこうつかれなくてよ。」

「そうか。それは結構《けっこう》だ。しかしおれはこんどしばらくおまえと別《わか》れなければなるまいよ。」

「あら、どうして、まあ大《たい》へんだわ。」

「戦闘艦隊長《せんとうかんたいちょう》のはなしでは、おれはあした山烏《やまがらす》を追《お》いに行《ゆ》くのだそうだ。」

「まあ、山烏《やまがらす》は強《つよ》いのでしょう。」

「うん、眼玉《めだま》が出《で》しゃばって、嘴《くちばし》が細《ほそ》くて、ちょっと見掛《みか》けは偉《えら》そうだ

許嫁《いいなずけ》　結婚《けっこん》の約束《やくそく》をした相手《あいて》。婚約《こんやく》者《しゃ》。

よ。しかし訳《わけ》ないよ。」

「ほんとう。」

「大丈夫《だいじょうぶ》さ。しかしもちろん戦争《せんそう》のことだから、どういう張合《はりあい》*でどんなことがあるかもわからない。そのときはおまえはね、おれとの約束《やくそく》はすっかり消《き》えたんだから、外《ほか》へ嫁《い》ってくれ。」

「あら、どうしましょう。まあ、大《たい》へんだわ。あんまりひどいわ、あんまりひどいわ。それではあたし、あんまりひどいわ、かあお、かあお、かあお、かあお」

「泣《な》くな、みっともない。そら、たれか*来《き》た。」

烏《からす》の大尉《たいい》の部下《ぶか》、烏《からす》の兵曹長《へいそうちょう》*が急《いそ》いでやってきて、首《くび》をちょっと横《よこ》にかしげて礼《れい》をして云《い》いました。

「があ、艦長殿《かんちょうどの》、点呼《てんこ》の時間《じかん》でございます。一同整列《いちどうせいれつ》して居《お》ります。」

「よろしい。本艦《ほんかん》は即刻帰隊《そっこくきたい》する。おまえは先《さき》に帰《かえ》ってよろしい。」

張合《はりあい》　互《たが》いにせり合《あ》うこと。

たれか　だれか。

兵曹長《へいそうちょう》　分類《ぶんるい》では准士官《じゅんしかん》とも呼《よ》ばれる、階級《かいきゅう》の一《ひと》つ。大尉《たいい》の三《みっ》つ下《した》の階級《かいきゅう》。

「承知《しょうち》いたしました。」兵曹長《へいそうちょう》は飛《と》んで行《い》きます。

「さあ、泣《な》くな。あした、も一度列《いちどれつ》の中《なか》で会《あ》えるだろう。丈夫《じょうぶ》でいるんだぞ、おい、お前《まえ》ももう点呼《てんこ》だろう、すぐ帰《かえ》らなくてはいかん。手《て》を出《だ》せ。」

二疋《にひき》はしっかり手《て》を握《にぎ》りました。大尉《たいい》はそれから枝《えだ》をけって、急《いそ》いでじぶんの隊《たい》に帰《かえ》りました。娘《むすめ》の烏《からす》は、もう枝《えだ》に凍《こお》り着《つ》いたように、じっとして動《うご》きません。

夜《よる》になりました。

それから夜中《よなか》になりました。

雲《くも》がすっかり消《き》えて、新《あた》らしく灼《や》かれた鋼《はがね》の空《そら》に、つめたいつめたい光《ひかり》がみなぎり、小《ちい》さな星《ほし》がいくつか連合《れんごう》して爆発《ばくはつ》をやり、水車《すいしゃ》の心棒《しんぼう》がキイキイ云《い》います。

とうとう薄《うす》い鋼《はがね》の空《そら》に、ピチリと裂罅《ひび》がはいって、まっ二《ぷた》つに開《ひら》き、その裂《さ》け目《め》から、あやしい長《なが》い腕《うで》がたくさんぶら下《さが》って、烏《からす》を握《つか》んで空《そら》の天井《てんじょう》の向《む》こう側《がわ》へ持《も》って行《い》こうとします。烏《からす》の義勇艦隊《ぎゆうかんたい》はもう総掛《そうがか》りです。みんな急《いそ》いで黒《くろ》い股引《ももひき》をはいて一生《いっしょう》けん命宙《めいちゅう》をかけめぐります。兄貴《あにき》の烏《からす》も弟《おとうと》をかばう暇《ひま》がなく、恋人同志《こいびとどうし》もたびたびひどくぶっつかり合《あ》います。

いや、ちがいました。

そうじゃありません。

月《つき》が出《で》たのです。青《あお》いひ*しげた二十日《はつか》の月《つき》が、東《ひがし》の山《やま》から泣《な》いて登《のぼ》ってきたのです。そこで烏《からす》の軍隊《ぐんたい》はもうすっかり安心《あんしん》してしまいました。

たちまち杜《もり》はしずかになって、ただおびえて脚《あし》をふみはずした若《わか》い水兵《すいへい》が、びっくりして眼《め》をさまして、があと一発《いっぱつ》、ねぼけ声《ごえ》の大砲《たいほう》を撃《う》つだけでした。

ところが烏《からす》の大尉《たいい》は、眼《め》が冴《さ》えて眠《ねむ》れませんでした。

ひしげた二十日《はつか》の月《つき》　半《なか》ば欠《か》けた二十《はつ》日目《かめ》の月《つき》。月《つき》の出《で》が遅《おそ》く、更待月《ふけまちづき》と呼《よ》ばれる。

「おれはあした戦死《せんし》するのだ。」大尉《たいい》は呟《つぶ》やきながら、許嫁《いいなずけ》のいる杜《もり》の方《ほう》にあたまを曲《ま》げました。

その昆布《こんぶ》のような黒《くろ》いなめらかな梢《こずえ》の中《なか》では、あの若《わか》い声《こえ》のいい砲艦《ほうかん》が、次《つぎ》から次《つぎ》といろいろな夢《ゆめ》を見《み》ているのでした。

烏《からす》の大尉《たいい》とただ二人《ふたり》、ばたばた羽《はね》をならし、たびたび顔《かお》を見合《みあ》わせながら、青黒《あおぐろ》い夜《よる》の空《そら》を、どこまでもどこまでものぼって行《い》きました。もう*マジエル様《さま》と呼《よ》ぶ烏《からす》の北斗七星《ほくとしちせい》が、大《おお》きく近《ちか》くなって、その一《ひと》つの星《ほし》のなかに生《は》えている青《あお》じろい苹果《りんご》の木《き》さえ、ありありと見《み》えるころ、どうしたわけか二人《ふたり》とも、急《きゅう》にはねが石《いし》のようにこわばって、まっさかさまに落《お》ちかかりました。マジエル様《さま》と叫《さけ》びながら愕《おどろ》いて眼《め》をさましますと、ほんとうにからだが枝《えだ》から落《お》ちかかっています。急《いそ》いではねをひろげ姿勢《しせい》を直《なお》し、大尉《たいい》の居《い》る方《ほう》を見《み》ましたが、またいつかうとうとしますと、こんどは山烏《やまがらす》が鼻眼鏡《はなめがね》などをかけてふたりの前《まえ》にやって来《き》て、大尉《たいい》

マジエル　おおぐま座《ざ》の学名《がくめい》「ウルサマジョール」の「大《おお》きいこと」を意味《いみ》する「マジョール」からの造語《ぞうご》であると考《かんが》えられている。

に握手しようとします。大尉が、いかんいかん、と云《い》って手《て》をふりますと、山烏《やまがらす》はピカピカする拳銃《ピストル》を出《だ》していきなりずどんと大尉《たいい》を射殺《いころ》し、大尉《たいい》はなめらかな黒《くろ》い胸《むね》を張《は》って倒《たお》れかかります、マジエル様《さま》と叫《さけ》びながらまた愕《おどろ》いて眼《め》をさますというあんばいでした。

烏《からす》の大尉《たいい》はこちらで、その姿勢《しせい》を直《なお》すはねの音《おと》から、そらのマジエルを祈《いの》る声《こえ》まですっかり聴《き》いて居《お》りました。

じぶんもまたためいきをついて、そのうつくしい七《なな》つのマジエルの星《ほし》を仰《あお》ぎながら、ああ、あしたの戦《たたかい》でわたくしが勝《か》つことがいいのか、山烏《やまがらす》がかつのがいいのかそれはわたくしにわかりません、ただあなたのお考《かんが》えのとおりです、わたくしはわたくしにきまったように力《ちから》いっぱいたたかいます、みんなみんなあなたのお考《かんが》えのとおりですとしずかに祈《いの》って居《お》りました。そして東《ひがし》のそらには早《はや》くも少《すこ》しの銀《ぎん》の光《ひかり》が湧《わ》いたのです。

ふと遠《とお》い冷《つめ》たい北《きた》の方《ほう》で、なにか鍵《かぎ》でも触《ふ》れあったようなかすかな声《こえ》がしました。烏《からす》の大尉《たいい》は夜間双眼鏡《ナイトグラス》を手早《てばや》く取《と》って、きっとそっちを見《み》ました。星《ほし》あかりのこちらのぼんやり白《しろ》い峠《とうげ》の上《うえ》に、一本《いっぽん》の栗《くり》の木《き》が見《み》えました。その梢《こずえ》にとまって空《そら》を見《み》あげているものは、たしかに敵《てき》の山烏《やまがらす》です。大尉《たいい》の胸《むね》は勇《いさ》ましく躍《おど》りました。

「があ、非常召集《ひじょうしょうしゅう》、があ、非常召集《ひじょうしょうしゅう》」

大尉《たいい》の部下《ぶか》はたちまち枝《えだ》をけたてて飛《と》びあがり大尉《たいい》のまわりをかけめぐります。

「突貫《とっかん》。」*烏《からす》の大尉《たいい》は先登《せんとう》になってまっしぐらに北《きた》へ進《すす》みました。

もう東《ひがし》の空《そら》はあたらしく研《と》いだ鋼《はがね》のような白光《しろびかり》です。

山烏《やまがらす》はあわてて枝《えだ》をけ立《た》てました。そして大《おお》きくはねをひろげて北《きた》の方《ほう》へ遁《に》げ出《だ》そうとしましたが、もうそのときは駆逐艦《くちくかん》*たちはまわりをすっかり囲《かこ》んでいました。

突貫《とっかん》　敵《てき》の陣《じん》に突撃《とつげき》すること。
駆逐艦《くちくかん》　攻撃力《こうげきりょく》、機動力《きどうりょく》、速力《そくりょく》を備《そな》えた小型《こがた》の軍艦《ぐんかん》の一種《いっしゅ》。

「があ、があ、があ、があ、があ」大砲《たいほう》の音《おと》は耳《みみ》もつんぼになりそうです。山烏《やまがらす》は仕方《しかた》なく足《あし》をぐらぐらしながら上《うえ》の方《ほう》へ飛《と》びあがりました。大尉《たいい》はたちまちそれに追《お》い付《つ》いて、そのまっくろな頭《あたま》に鋭《するど》く一突《ひとつ》き食《く》らわせました。山烏《やまがらす》はよろよろっとなって地面《じめん》に落《お》ちかかりました。そこを兵《へい》曹長《そうちょう》が横《よこ》からもう一突《ひとつ》きやりました。山烏《やまがらす》は灰《はい》いろのまぶたをとじ、あけ方《がた》の峠《とうげ》の雪《ゆき》の上《うえ》につめたく横《よこた》わりました。

「があ、兵曹長《へいそうちょう》。その死骸《しがい》を営舎《えいしゃ》までもって帰《かえ》るように。があ。引《ひ》き揚《あ》げっ。」

「かしこまりました。」強《つよ》い兵曹長《へいそうちょう》はその死骸《しがい》を提《さ》げ、烏《からす》の大尉《たいい》はじぶんの杜《もり》の方《ほう》に飛《と》びはじめ十八隻《じゅうはっせき》はしたがいました。

杜《もり》に帰《かえ》って烏《からす》の駆逐艦《くちくかん》は、みなほうほう白《しろ》い息《いき》をはきました。

「けがは無《な》いか。誰《たれ》かけがしたものは無《な》いか。」烏《からす》の大尉《たいい》はみんなをいたわってあるきました。

夜《よる》がすっかり明《あ》けました。

桃《もも》の果汁《しる》のような陽《ひ》の光《ひかり》は、まず山《やま》の雪《ゆき》にいっぱいに注《そそ》ぎ、それからだんだん下《した》に流《なが》れて、ついにはそこらいちめん、雪《ゆき》のなかに白百合《しろゆり》の花《はな》を咲《さ》かせました。

ぎらぎらの太陽《たいよう》が、かなしいくらいひかって、東《ひがし》の雪《ゆき》の丘《おか》の上《うえ》に懸《かか》りました。

「観兵式《かんぺいしき》*、用意《ようい》っ、集《あつ》まれい。」大監督《だいかんとく》が叫《さけ》びました。

「観兵式《かんぺいしき》、用意《ようい》っ、集《あつ》まれい。」各艦隊長《かくかんたいちょう》が叫《さけ》びました。

みんなすっかり雪《ゆき》のたんぼにならびました。

烏《からす》の大尉《たいい》は列《れつ》からはなれて、ぴかぴかする雪《ゆき》の上《うえ》を、足《あし》をすくすく延《の》ばしてまっすぐに走《はし》って大監督《だいかんとく》の前《まえ》に行《い》きました。

「報告《ほうこく》、きょうあけがた、セピラの峠《とうげ》の上《うえ》に敵艦《てきかん》の碇泊《ていはく》*を認《みと》めましたので、本艦隊《ほんかんたい》は直《ただ》ちに出動《しゅつどう》、撃沈《げきちん》いたしました。わが軍死者《ぐんししゃ》なし。報告終《ほうこくおわ》

観兵式《かんぺいしき》　軍《ぐん》の礼式《れいしき》の一《ひと》つ。

碇泊《ていはく》　船《ふね》がいかりをおろしたり、陸《りく》と船《ふね》とを繋《つな》いだりして、とどまること。

りっ。」

駆逐艦隊《くちくかんたい》はもうあんまりうれしくて、熱《あつ》い涙《なみだ》をぼろぼろ雪《ゆき》の上《うえ》にこぼしました。

烏《からす》の大監督《だいかんとく》も、灰《はい》いろの眼《め》から泪《なみだ》をながして云《い》いました。

「ギイギイ、ご苦労《くろう》だった。ご苦労《くろう》だった。よくやった。もうおまえは少佐《しょうさ》*になってもいいだろう。おまえの部下《ぶか》の叙勲《じょくん》*はおまえにまかせる。」

烏《からす》の新《あた》らしい少佐《しょうさ》は、お腹《なか》が空《す》いて山《やま》から出《で》て来《き》て、十九隻《じゅうきゅうせき》に囲《かこ》まれて殺《ころ》された、あの山烏《やまがらす》を思《おも》い出《だ》して、あたらしい泪《なみだ》をこぼしました。

「ありがとうございます。就《つ》いては敵《てき》の死骸《しがい》を葬《ほうむ》りたいとおもいますが、お許《ゆる》し下《くだ》さいましょうか。」

「よろしい。厚《あつ》く葬《ほうむ》ってやれ。」

烏《からす》の新《あた》らしい少佐《しょうさ》は礼《れい》をして大監督《だいかんとく》の前《まえ》をさがり、列《れつ》に戻《もど》って、い

少佐《しょうさ》　軍隊《ぐんたい》の階級《かいきゅう》の一《ひと》つ。佐官《さかん》という分類内《ぶんるいない》では中佐《ちゅうさ》の一《ひと》つ下《した》で、大尉《たいい》の一《ひと》つ上《うえ》の階級《かいきゅう》。
叙勲《じょくん》　勲章《くんしょう》を授《さず》けること。

まマジエルの星《ほし》の居《い》るあたりの青《あお》ぞらを仰《あお》ぎました。（ああ、マジエル様《さま》、どうか憎《にく》むことのできない敵《てき》を殺《ころ》さないでいいように早《はや》くこの世界《せかい》がなりますように、そのためならば、わたくしのからだなどは、何《なん》べん引《ひ》き裂《さ》かれてもかまいません。）マジエルの星《ほし》が、ちょうど来《き》ているあたりの青《あお》ぞらから、青《あお》いひかりがうらうらと湧《わ》きました。

美《うつく》しくまっ黒《くろ》な砲艦《ほうかん》の烏《からす》は、そのあいだ中《じゅう》、みんなといっしょに、不《ふ》動《どう》の姿勢《しせい》をとって列《なら》びながら、始終《しじゅう》きらきらきらきら涙《なみだ》をこぼしました。砲艦長《ほうかんちょう》はそれを見《み》ないふりしていました。あしたから、また許嫁《いいなずけ》といっしょに、演習《えんしゅう》ができるのです。あんまりうれしいので、たびたび嘴《くちばし》を大《おお》きくあけて、まっ赤《か》に日光《にっこう》に透《す》かせましたが、それも砲艦長《ほうかんちょう》は横《よこ》を向《む》いて見逃《みの》がしていました。

赤牛
（あかうし）

古井由吉
（ふるいよしきち）

先夜《せんや》、私《わたし》はその静《しず》かさを耳《みみ》にした。家《いえ》の四方《しほう》で車《くるま》の音《おと》が絶《た》えた。夜中《よなか》でも車《くるま》の流《なが》れが遠《とお》く近《ちか》くで一斉《いっせい》に跡切《とぎ》れるはずはない。騒音《そうおん》と騒音《そうおん》の、相殺効果《そうさいこうか》のような現象《げんしょう》が生《しょう》じたのかもしれない。地平《ちへい》のざわめきが消《き》えて、重《おも》い唸《うな》りの気配《けはい》が空《そら》にこもった。遠《とお》のきかけてはふくらみ、真上《まうえ》からのしかかり、人《ひと》のすでに退避《たいひ》した家《いえ》のガラス戸《ど》を顫《ふる》わせ、膝《ひざ》を抱《かか》えて待《ま》つ身体《からだ》の底《そこ》からも共振《ともぶ》れを呼《よ》び起《おこ》しかける。そして暗闇《くらやみ》のあちこちから、今《いま》まで黙《だま》りこんでいた人間《にんげん》たちの、話《はな》し声《ごえ》が立《た》ちはじめる。息《いき》はおのずとひそめているが、喉《のど》に固《かた》くかかった声《こえ》はかえって甲高《かんだか》くて、爆音《ばくおん》の中《なか》をよく徹《とお》る。女《おんな》たちの声《こえ》がことにあざやかに、なまなましく響《ひび》いて、不安《ふあん》な髪《かみ》の匂《にお》いまで運《はこ》んで来《き》そうに感《かん》じられた。

――今夜《こんや》はいけないかもしれない。わたし、食《た》べておくわ。あなたたちも、そうなさい。

――裏《うら》のお爺《じい》ちゃんとお婆《ばあ》ちゃん、防空壕《ぼうくうごう》へ入《はい》ったかしら。いっそ寝《ね》たまま焼《や》かれたほうがいいなんて言《い》っていたけど。

――どうしましょう、風呂敷包《ふろしきづつ》みを茶《ちゃ》の間《ま》に置《お》いてきてしまった。写真帳《しゃしんちょう》も入《い》れて持《も》ち出《だ》すばっかりにしておいたのに。

――いまから逃《に》げ出《だ》したって、どこが安全《あんぜん》だかわかりやしない、逃《に》げた先《さき》でやられたらしようがないしね。

その前《まえ》に、私《わたし》はまた音楽《おんがく》を聞《き》いていた。これは近頃《ちかごろ》、良《よ》くない癖《くせ》だ。一人《ひとり》で音楽《おんがく》にしつこく聞《き》き耽《ふけ》ることを私《わたし》は好《この》まない。その情景《じょうけい》を他人事《ひとごと》として思《おも》うと、*守銭奴《しゅせんど》が夜中《よなか》にわずかな酒《さけ》を呑《の》みながら札束《さつたば》を数《かぞ》えなおしているような、そんな陰惨《いんさん》ささえ覚《おぼ》える。かりそめにも陶酔《とうすい》させられたその分《ぶん》だけ、心《こころ》は冷《つめた》くなる。音楽《おんがく》こそ人生《じんせい》の苦悶《くもん》の*精華《せいか》ではないか。

守銭奴《しゅせんど》　お金《かね》をため込《こ》むことばかりに執着《しゅうちゃく》する、けちな人《ひと》。

精華《せいか》　そのものの本質《ほんしつ》をなす、最《もっと》もすぐれている点《てん》。

どこかで血《ち》が流《なが》れていると、響《ひび》きがいよいよ冴《さ》える。*阿鼻叫喚《あびきょうかん》さえその奥《おく》から聞《きこ》えるのではないか。こちらの恐怖心《きょうふしん》を甘《あま》くおびき出《だ》しておいて、最後《さいご》には沈黙《ちんもく》するではないか。*会衆《かいしゅう》は儀式《ぎしき》が果《は》てれば目《め》を伏《ふ》せて帰《かえ》って行《い》く、あるいは悪所《あくしょ》へ飛《と》んで行《い》く。ところがたった一人《ひとり》の恍惚者《こうこつしゃ》は果《は》てた後《あと》の沈黙《ちんもく》を心《こころ》の静《しず》かさと取《と》り違《ちが》えて、*祭司《さいし》みたいな手《て》つきでレコードを替《か》えて塵《ちり》を払《はら》い、また始《はじ》める。これにはよほどの神経《しんけい》の*鈍磨《どんま》が必要《ひつよう》だ。

そうそう自《みずか》らを固《かた》く戒《いまし》めてきたはずなのに、近頃《ちかごろ》私《わたし》はまた、夜中《よなか》にステレオの前《まえ》に坐《すわ》りこんでレコードを取《と》っ替《か》え引《ひ》っ替《か》え回《まわ》す悪癖《あくへき》に馴染《なじ》んでしまった。*昂《こう》じてくると音楽《おんがく》が苦痛《くつう》なぐらいになる。ただ、音《おと》の流《なが》れが跡切《とぎ》れると、間《ま》がもてない。音《おと》が消《き》えたとたんに、自分《じぶん》を囲《かこ》む空間《くうかん》のまとまりがつかないような、物《もの》がひとつひとつ荒涼《こうりょう》とした素顔《すがお》を見《み》せて、私《わたし》を中心《ちゅうしん》にまとまるのを拒《こば》むような、そんな*所在《しょざい》なさを覚《おぼ》える。し

阿鼻叫喚《あびきょうかん》　人々《ひとびと》が苦《くる》しみ泣《な》き叫《さけ》ぶさま。

会衆《かいしゅう》　多数《たすう》寄《よ》り集《あつ》まった人々《ひとびと》。

祭司《さいし》　祭《まつり》の儀式《ぎしき》をとり行《おこな》う者《もの》。

鈍磨《どんま》　すりへってにぶくなること。

昂《こう》じてくる　程度《ていど》がひどくなる。

所在《しょざい》なさ　手持《ても》ちぶさたであること。することがなく退屈《たいくつ》であること。

かしさいわい、音楽《おんがく》と私《わたし》とは、相変《あいかわ》らず折合《おりあ》いが良《よ》くない。一節《いっせつ》がこちらの身体《からだ》の奥《おく》へすこしく深《ふか》く響《ひび》き入《はい》って来《く》ると、私《わたし》の神経《しんけい》はたちまちざわめき立《た》ち、音楽《おんがく》のほうもなにか耳《みみ》ざわりすれすれのところまで張《は》りつめ、両者《りょうしゃ》は互《たが》いを憎《にく》むことにならぬようあっさり別《わか》れる。私《わたし》は手近《てぢか》に転《ころが》っている雑誌《ざっし》のたぐいを引《ひ》き寄《よ》せて読《よ》みはじめる。音《おと》が消《き》えても、なにか聞《き》き耽《ふけ》っているみたいな気分《きぶん》が残《のこ》って、面白《おもしろ》くもおかしくもない記事《きじ》を漫然《まんぜん》*と拾《ひろ》い読《よ》みしている。それでしばらくは落着《おちつ》きもするのだ。

その夜《よる》も私《わたし》はたまたま手《て》にした週刊誌《しゅうかんし》の記事《きじ》に引《ひ》きこまれていた。ヴァイオリン・ソナタ*は勝手《かって》に余韻《よいん》を残《のこ》して、とうに終《おわ》っていた。なんでも、ビルとビルとの、側壁《そくへき》の間隔《かんかく》がたった二十何《にじゅうなん》センチかで、その中《なか》へ四階《よんかい》か五階《ごかい》の窓《まど》から女《おんな》が墜《お》ちた、いや、間《あいだ》が狭《せま》すぎて下《した》まで墜《お》ちもやらず、壁《かべ》に挟《はさ》みこまれるかたちで途中《とちゅう》に引《ひ》っ掛《かか》って身動《みうご》きもならず、長《なが》いこと一人《ひとり》で泣《な》き叫《さけ》んでいたという。墜《お》ちたのはそのビルの中《なか》にある

漫然《まんぜん》　とりとめのないさま。ぼんやりとして心《こころ》にとめないさま。

ヴァイオリン・ソナタ　一般《いっぱん》にはバイオリンの独奏《どくそう》ないしピアノなどの鍵《けん》盤楽器《ばんがっき》との重奏《じゅうそう》の演奏形態《えんそうけいたい》による多《た》楽章《がくしょう》からなる楽曲《がっきょく》。

酒場《さかば》のホステス*で、つねづね酔《よ》いを醒《さ》ましに来《く》る窓《まど》のところに立《た》っているうちに、本人《ほんにん》が言《い》うには、気《き》がついたら壁《かべ》と壁《かべ》の間《あいだ》に引《ひ》っ掛《かか》っていた。いくら叫《さけ》んでも、なかなか気《き》がついてもらえない。そのうちに泣《な》き声《ごえ》をようやく聞《き》きつけた店《みせ》の者《もの》たちがあちこち探《さが》しまわったあげく、窓《まど》から珍妙《ちんみょう》な落下物《らっかぶつ》を見《み》つけて、通報《つうほう》する側《がわ》もされる側《がわ》もさぞや事態《じたい》の了解《りょうかい》までに手間《てま》取《ど》ったことだろうが、とにかく消防署《しょうぼうしょ》が駆《か》けつけた。しかし生《なま》身《み》のからだは、二十何《にじゅうなん》センチかの隙間《すきま》から引《ひ》っ張《ぱ》り上《あ》げることも引《ひ》きずりおろすこともならない。しかたなしに技術班《ぎじゅつはん》が建物《たてもの》の内側《うちがわ》から電《でん》気工具《きこうぐ》で慎重《しんちょう》に穴《あな》を明《あ》けて、軽傷程度《けいしょうていど》の女《おんな》を無事《ぶじ》に救《すく》い出《だ》し、今後《こんご》かかる事故《じこ》の起《お》こらぬよう管理責任者《かんりせきにんしゃ》に厳重注意《げんじゅうちゅうい》して引《ひ》きあげた。ところが日数《にっすう》を経《へ》ずして、同《おな》じ窓《まど》から、もう一人《ひとり》の女《おんな》が墜《お》っこった。

この前《まえ》の今度《こんど》だから、お上《かみ》*の助《たす》けを呼《よ》ぶのはさすがにむつかしい。そこで店《みせ》いちばんスマートな青年《せいねん》が綱《つな》を腹《はら》に巻《ま》きつけて窓《まど》から降《お》り、女《おんな》の

ホステス　接客《せっきゃく》する女性《じょせい》。

お上《かみ》　幕府《ばくふ》や政府《せいふ》など、時《とき》の政治《せいじ》をとり行《おこな》う機関《きかん》。ここでは消防署《しょうぼうしょ》のことを指《さ》す。

挟《はさ》まれているところまでたどりついたはいいが、女《おんな》のほうへ手《て》を差《さ》し伸《の》べたとたんに、彼自身《かれじしん》も動《うご》きが取《と》れなくなった。頭《あたま》とか肩《かた》とかが壁《かべ》につかえて動《うご》けなくなったという。救出《きゅうしゅつ》の動作《どうさ》には、ただ降《お》りて行《い》く動作《どうさ》よりも、よけいな空間《くうかん》が必要《ひつよう》なことは、これは道理《どうり》である。結局《けっきょく》、消防署《しょうぼうしょ》がまた駆《か》けつけ、おそらくこの前《まえ》の三倍《さんばい》あまりの穴《あな》を内《うち》から明《あ》けて、二人《ふたり》を救《すく》い出《だ》すことになった。

墜《お》ちた当人《とうにん》も、まわりの衆《しゅう》もさぞかし憮然《ぶぜん》*としたことだろう、読《よ》んだ私《わたし》も憮然《ぶぜん》とした。人間《にんげん》、そんな狭《せま》いところへ、墜《お》ちこめるものだろうか。私《わたし》は物差《ものさ》しを持《も》って来《き》て、壁《かべ》に背《せ》をぴったりつけ、自分《じぶん》の身体《からだ》の厚《あつ》みを測《はか》ってみた。なるほど、私《わたし》は身長《しんちょう》一七二体重《たいじゅう》六二、五尺七寸十六貫《ごしゃくななすんじゅうろっかん》*あまりの男《おとこ》であるが、このいささか太目《ふとめ》の私《わたし》でも、二五センチも隙間《すきま》があれば立派《りっぱ》に墜《お》ちこめる。ただし、はっとして身体《からだ》をすこしでも動《うご》かしたら、たちまちつかえてしまう。気《き》がついて見《み》たら変《へん》なところに引《ひ》っ

憮然《ぶぜん》 失望《しつぼう》したり、どうしようもなかったりしてぼんやりするさま。

五尺七寸十六貫《ごしゃくななすんじゅうろっかん》 身長《しんちょう》172.7271cm、体重《たいじゅう》60kg。日本古来《にほんこらい》の計量単位《けいりょうたんい》で、1寸《すん》＝3.0303cm、1尺《しゃく》＝10寸《すん》、1貫《かん》＝3.75kg。

掛《かか》っていた、という女《おんな》の言葉《ことば》はたぶん嘘《うそ》ではない。まったく無意識無抵《むいしきむてい》抗《こう》のままであれば、下《した》までストンと墜《お》ちたことだろうが、そこは物体《ぶったい》ならぬ人体《じんたい》である。

　壁《かべ》の間《あいだ》の女《おんな》の写真《しゃしん》が載《の》っていた。場所《ばしょ》が場所《ばしょ》だけにカメラマンも苦労《くろう》したことだろうが、縦《たて》・横《よこ》・高《たか》さ、つまり三次元《さんじげん》のおよそ摑《つか》みにくい写《しゃ》真《しん》である。暗《くら》いところに女《おんな》が横《よこ》たわっている、と見《み》える。ドレスが引《ひ》っ張《ぱ》られて肌《はだ》に貼《は》りついているので、身体《からだ》の線《せん》が露《あら》われて、裸体写真《らたいしゃしん》に近《ちか》い。しかし全身《ぜんしん》が硬直《こうちょく》しているので、寝《ね》ているふうにも見《み》えない。下《した》から受《う》け止《と》められている感《かん》じがない。縦横《たてよこ》を変《か》えれば、凝然《ぎょうぜん》*と立《た》ちつくす姿《すがた》に見《み》えないでもない。もう一枚《いちまい》の写真《しゃしん》は女《おんな》が同《おな》じように横《よこ》になっていて、男《おとこ》のほうがなるほど、自分《じぶん》から降《お》りて来《き》た恰好《かっこう》で縦《たて》に立《た》っている。頭《あたま》を斜《なな》めに向《む》けたまま動《うご》きの取《と》れぬ様子《ようす》だ。三人《さんにん》ともおそらく、壁《かべ》の間《あいだ》に奇怪《きかい》な釣合《つりあ》いで止《と》まった我身《わがみ》の、手足《てあし》のありかも、肩《かた》やら腰《こし》やらのあ

凝然《ぎょうぜん》　じっとして少《すこ》しも動《うご》かないさま。

りかも、感《かん》じ分《わ》けられなくなっていたことだろう。壁《かべ》に触《ふ》れた身体《からだ》の部《ぶ》分《ぶん》のひとつひとつが*てんで勝手《かって》に、一所懸命壁《いっしょけんめいかべ》を突《つ》っ張《ぱ》っていたにちがいない。

しかしどんな具合《ぐあい》に窓《まど》から墜《お》ちたのだろう。私《わたし》は想像《そうぞう》してみた。二十何《にじゅうなん》センチの谷間《たにま》から吹《ふ》き渡《わた》ってくる風《かぜ》は、窓《まど》から顔《かお》を出《だ》したぐらいでは、涼《すず》しくも何《なん》ともない。酔《よ》いの息苦《いきぐる》しさのあまり、窓《まど》の桟《さん》に腰《こし》をおろし、隣《となり》のビルの壁《かべ》に背《せ》からもたれかかる。心地良《ここちよ》さにうつらうつらするうちに、尻《しり》がすこしずつ谷間《たにま》へ沈《しず》んでいく。女体《にょたい》の柔《やわら》かさと、酔《よ》って眠《ねむ》りこんだ身体《からだ》の柔《やわら》かさを思《おも》えばよい。尻《しり》から背《せ》から、全身《ぜんしん》がひとつながりの流《なが》れのようにおもむろに谷間《たにま》へ吸《す》いこまれ、それから、いきなり墜《お》ちる……。

二番目《にばんめ》の女《おんな》のほうは、消防署《しょうぼうしょ》に叱《しか》られて急《きゅう》ごしらえに渡《わた》した木《き》の手摺《てす》りを破《やぶ》って墜《お》ちたというから、あるいは手摺《てす》りに腹《はら》からもたれこんで、

てんで　それぞれ。

向《むか》いの冷《つめた》い壁《かべ》に火照《ほて》った額《ひたい》を、頬《ほお》を、そのうちに胸《むね》まで押《お》しつけていたのかもしれない。手摺《てす》りが破《やぶ》れたとき、思《おも》わず壁《かべ》へ全身《ぜんしん》でへばりつくようにして、それから滑《すべ》り落《お》ちた。いずれにしても最初《さいしょ》は無抵抗《むていこう》の夢心地《ゆめごこち》であったにちがいない。

それにしても、ビルとビルの間《あいだ》の、およそ非現実《ひげんじつ》みたいな空間《くうかん》に横《よこ》ざまに挟《はさ》みこまれて、我身《わがみ》の手《て》のありかも足《あし》のありかも知《し》らず、ひとり大《おお》声《ごえ》に人《ひと》を呼《よ》ぶ気持《きもち》はどんなだろう。両側《りょうがわ》の壁《かべ》がはてしなく大《おお》きくなり、唯一《ゆいいつ》の世界《せかい》となり、人《ひと》の時間《じかん》を知《し》らない。この生身《なまみ》は、一刻一秒《いっこくいちびょう》がせつない。壁《かべ》の奥《おく》に人《ひと》の世界《せかい》のざわめきが鈍《にぶ》くこもって聞《きこ》える。エレクトーンのベースの音《おと》、トイレの水《みず》の流《なが》れ落《お》ちる音《おと》。首《くび》をほんのわずか回《まわ》すことができれば、往来《おうらい》を行《い》く人《ひと》の影《かげ》ぐらいは見《み》えるのに。誰《だれ》もがちょっと窓《まど》から顔《かお》を出《だ》してくれれば、それで人《ひと》の世界《せかい》とつながりがもどるのに。助《たす》けて、わたしがここに居《い》るのに気《き》がついて、わたしがそこにいないのに気《き》がついて。声《こえ》は耳《みみ》に入《はい》っているでしょ、おやとぐらい思《おも》ってもいいでしょ。しかし声《こえ》は壁《かべ》に吸《す》いこまれて、かすかな答《こた》えもない。暴《あば》れようとすると、壁《かべ》が両側《りょうがわ》からまた押《お》しつけてくる。やがて、声《こえ》も人《ひと》らしい響《ひび》きを失《うしな》って、獣《けもの》のように吠《ほ》えはじめる。

私《わたし》も子供《こども》の頃《ころ》に覚《おぼ》えがある。一人《ひとり》で木《き》から飛《と》び降《お》りそこねて服《ふく》の袖《そで》を小枝《こえだ》にひっかけてしまい、長《なが》いこと片手吊《かたてづ》りにぶら下《さ》がっていた。左手《ひだりて》では片手懸垂《かたてけんすい》に身体《からだ》を枝《えだ》へ引《ひ》き上《あ》げることもできない。足《あし》を踏《ふ》ん張《ば》ろうにも幹《みき》に届《とど》かない。策尽《さくつ》きて、人《ひと》の姿《すがた》の見《み》えない昼下《ひるさ》がりの町《まち》の風景《ふうけい》の中《なか》へ、大声《おおごえ》に助《たす》けを呼《よ》んだものだった。声《こえ》は聞《きこ》えているはずなのに、誰《だれ》ひとり家《いえ》の中《なか》から出《で》て来《こ》ない。左腕《ひだりうで》がなまるにつれ、服《ふく》の襟《えり》が首《くび》すじに喰《く》いこんでくる。その力《ちから》を喉《のど》もとから逸《そ》らし逸《そ》らし、喚《わめ》きつづけるうちに、声《こえ》の質《しつ》が変《かわ》った。自分《じぶん》のものとも思《おも》えない喉太《のどぶと》な吠《ほ》え声《ごえ》だった。しかしそれと同時《どうじ》に、身体《からだ》は妙《みょう》なふうに静《しず》まって、われとわが声《こえ》をしいんと聞《き》いていた。まわりの風景《ふうけい》がいつもより穏《おだや》かに、のどかに目《め》に映《うつ》った。あちこちで人《ひと》の立《た》てる物音《ものおと》が、獣《けもの》めいた吠《ほ》え声《ごえ》に触《ふ》れられずに、くっきり響《ひび》いた。私《わたし》の頭《あたま》も、この片手吊《かたてづ》りの窮地《きゅうち》*におよそふさわしくない日常《にちじょう》のことどもを考《かんが》えていた。

身動《みうご》きのならないところでは、恐怖《きょうふ》は恐怖《きょうふ》のまま静《しず》まるようだ。身体《からだ》で暴《あば》れ回《まわ》れなくては、空《むな》しい足掻《あが》きでもできなくては、恐怖《きょうふ》は溢《あふ》れ出《で》ない。意識《いしき》を押《お》し流《なが》しはしない。吠《ほ》え叫《さけ》ぶだけでは、逆《ぎゃく》に冷《つめた》く沈《しず》んでいく、透明《とうめい》に結晶《けっしょう》していく。そして残《のこ》された唯一《ゆいいつ》の行為《こうい》である自分自身《じぶんじしん》の叫《さけ》びを、遠吠《とおぼ》えのように聞《き》く。今《いま》は隔《へだ》てられていて、助《たす》けとはならない日常《にちじょう》が、鮮《あざや》かに見《み》えてくる。この取《と》りとめもない明視《めいし》*も、ひとつの恐慌《きょうこう》*なのだ。

壁《かべ》の間《あいだ》へ金切《かなき》り声《ごえ》を張《は》り上《あ》げながら、女《おんな》は暮《く》れ方《がた》に急《いそ》いで出《で》てきた自《じ》分《ぶん》の部屋《へや》を、訝《いぶか》*るような気持《きもち》で目《め》に浮《うか》べていたかもしれない。毎夜毎《まいよまい》

窮地《きゅうち》　万策尽《ばんさくつ》きた苦《くる》しい状態《じょうたい》。
明視《めいし》　はっきり見《み》えること。
恐慌《きょうこう》　おそれあわてること。
訝《いぶか》るよう　疑《うたが》わしく思《おも》う。怪《あや》しく思《おも》う。

夜《よ》、部屋《へや》にもどった自分《じぶん》の顔《かお》の、疲《つか》れの濃《こ》さ淡《あわ》さが見《み》えてくる。部屋《へや》に入《はい》って来《く》る男《おとこ》の、近頃《ちかごろ》微妙《びみょう》に変《かわ》ってきた表情《ひょうじょう》も見《み》えてくる。惰性《だせい》*とはいえ、よくもまあ、あんな無理《むり》を続《つづ》けて来《こ》れたものだ、芯《しん》にはもう罅《ひび》が入《はい》っているのに、と驚《おどろ》かされる。それから、こんなところでこんなにも物《もの》の見《み》える空《むな》しさに怯《おび》えて、また叫《さけ》ぶ。両側《りょうがわ》の壁《かべ》がますます巨大《きょだい》に、無《む》表情《ひょうじょう》になる。しかし怯《おび》えがきわまると、店《みせ》の中《なか》の情景《じょうけい》が常日頃《つねひごろ》と変《かわ》らぬ雰囲気《ふんいき》で浮《う》かんできて、そこで自分《じぶん》もいつものように喋《しゃべ》っていて、仲間《なかま》たちの顔《かお》も見《み》え、自分《じぶん》にたいする好意悪意《こういあくい》がいちいち読《よ》み取《と》れる。ああ、あれはそういうことなのかと思《おも》わずうなずいている。あたしも、そろそろ自分《じぶん》の生《い》き方《かた》を考《かんが》えなくては……。

そんな勝手《かって》なことを想像《そうぞう》しながら、私《わたし》は自然《しぜん》に肩《かた》から腰《こし》を斜《なな》めに捩《ねじ》って、固《かた》く横《よこ》たわる自分《じぶん》の身体《からだ》を、珍《めずら》しいもののように眺《なが》めやっていた。

なるほど、二十何《にじゅうなん》センチかの隙間《すきま》に挟《はさ》みこまれるとすれば、こんな恰《かっ》

惰性《だせい》　これまでの習慣《しゅうかん》、習《なら》わしで続《つづ》いていくこと。

好《こう》だ。あるいは頭《あたま》のほうが腰《こし》より下《した》になっているかもしれない。とにかく態勢《たいせい》を一応《いちおう》立《た》て直《なお》そうにも支点《してん》がない。手《て》を突《つ》っ張《ぱ》ろうとすれば肘《ひじ》がつかえ、足《あし》を踏《ふ》んばろうとすれば膝《ひざ》がつかえる。それに、もがいていると、なにかのはずみで全身《ぜんしん》がずるずると落《お》ちかける。しかし意識《いしき》してずり落《お》ちようとすると、まるで動《うご》かない。身体《からだ》が物体《ぶったい》の本性《ほんせい》を露《あら》わすことほど、始末《しまつ》の悪《わる》いことはない。

頭《あたま》を動《うご》かそうにも、こめかみがつかえて、狭《せま》い角度《かくど》しか見渡《みわた》せない。せいぜい片側《かたがわ》の壁《かべ》が或《あ》る高《たか》さまで見《み》えるだけで、壁《かべ》を這《は》う虫《むし》の視野《しや》にそうそう変《かわ》らない。視野《しや》がいよいよ狭《せば》まるのを、窒息《ちっそく》のように恐《おそ》れる。しかし視野《しや》が少《すこ》しでも広《ひろ》がっているうちは、日常《にちじょう》のことを考《かんが》える。

しかし人間《にんげん》、いつなんどき、似《に》たような状態《じょうたい》へ落《お》ちこまないともかぎらない。死病《しびょう》に取《と》り憑《つ》かれれば、同《おな》じようなことだ。人《ひと》は私《わたし》が苦《くる》しんでいるのを見《み》れば同情《どうじょう》もしてくれようが、親兄弟《おやきょうだい》でも長年《ながねん》の同棲者《どうせいしゃ》でも、私《わたし》がじつはこんな空間《くうかん》へ陥《おちい》ってもがいていることを知《し》らない。いくら助《たす》けを求《もと》めても訴《うった》えても、安心《あんしん》なさい、わたしたちがついているから、など頼《たの》もしげなことを言《い》って、ほんとうの怯《おび》えに気《き》がつかない。

いや、一度《いちど》でもそんな空間《くうかん》の中《なか》へ陥没《かんぼつ》したことのある者《もの》ならば、他人《たにん》と一緒《いっしょ》に平《たい》らな地面《じめん》の上《うえ》を歩《ある》き回《まわ》っているようでも、命《いのち》が剝《む》き出《だ》しになって怯《おび》えの風《かぜ》に吹《ふ》きつけられるたびに、相《あい》も変《かわ》らず同《おな》じところに挟《はさ》みこまれている自分《じぶん》に気《き》がつくではないか。刻一刻《こくいっこく》せつない釣合《つりあ》いを、絶《ぜっ》望《ぼう》してもどうにかなるわけでないのでひたすらこらえて、偶然《ぐうぜん》の救《すく》いを待《ま》っている。救《すく》いと言《い》っても、身体《からだ》の向《む》きがちょっと変《かわ》るぐらいのものだ。それだけの解放感《かいほうかん》でも、五年《ごねん》や十年《じゅうねん》はもつ。

そうは言《い》うものの、私《わたし》の身体《からだ》は絶体絶命《ぜったいぜつめい》を真似《まね》ながら、見《み》れば見《み》るほど横着《おうちゃく》*に、安心《あんしん》しきっている。底《そこ》が突然《とつぜん》抜《ぬ》けることがあり得《え》るとは、夢《ゆめ》にも思《おも》っていない様子《ようす》だ。不安《ふあん》はないのか、と私《わたし》はたずねる。ああ、安《あん》

横着《おうちゃく》　ずうずうしいこと。ずるいこと。

穏《のん》なのが夢《ゆめ》のようだ、と私《わたし》の身体《からだ》は答《こた》える。

――癌《がん》かもしれないな。

――ああ、明日《あす》にでもはっきりと徴《しるし》が出《で》るかもしれない。明日《あす》の晩《ばん》、ここでこうして。

――病床《とこ》についたら、堪《た》えられるだろうか。

――駄目《だめ》だな、この前《まえ》のは思春期《ししゅんき》だった、上《のぼ》り坂《ざか》だった、今度《こんど》は意《い》気地《くじ》がないだろうな。生《い》き死《し》にのことは、繰返《くりかえ》すほど、臆病《おくびょう》になる。

――しかし怯《おび》えてはいないじゃないか。

――そこが、身体《からだ》は心《こころ》と違《ちが》うのだ。敵《てき》がすこしでも遠《とお》ざかれば、犠牲《ぎせい》になった仲間《なかま》の血《ち》が流《なが》れていようと、ひたすら草《くさ》を喰《く》らう。口《くち》に入《い》れた物《もの》は、逃《に》げながらでも嚙《か》んでいる。しかし恐怖《きょうふ》のことは、身体《からだ》しか知《し》らない。

――怯《おび》えながら、肥《こ》え栄《さか》えていくわけか。

——不安《ふあん》などというものは、身体《からだ》の与《あずか》り知《し》らぬことだ。獣《けもの》が身《み》をふるわせながら物《もの》を喰《く》うだろう。牡《おす》が牝《めす》の上《うえ》に乗《の》りながら、目《め》をキョトンとひらいて三方《さんぼう》を見《み》まわしているだろう。耳《みみ》がたえずひくついているだろう。あれは、お前《まえ》らのいう不安《ふあん》なんてものじゃない。お前《まえ》らはつらい役《やく》目《め》を身体《からだ》に押《お》しつけて、何《なに》も知《し》らずにいる。身体《からだ》が三方《さんぼう》を見《み》まわしているそのあいだ、女《おんな》の恍惚《こうこつ》の顔《かお》を見《み》つめていたりする。そのくせ、肉体《にくたい》の盲目《もうもく》の衝動《しょうどう》などと言《い》う。肉体《にくたい》の罪《つみ》などと言《い》う。安心《あんしん》しているくせに、滅《ほろ》びについて偉《えら》そうなことを口走《くちばし》る。予言者《よげんしゃ》どもの身体《からだ》に聞《き》いてみろ、滅《ほろ》びのことをほんとうに知《し》っているのは身体《からだ》だけだ。

——しかし、そうやって我身《わがみ》を守《まも》って、他人《たにん》にも守《まも》られて、安穏《あんのん》に腰《こし》を落着《おちつ》けながら、恐怖《きょうふ》と恥《はじ》を語《かた》っているのだから、横着《おうちゃく》は横着《おうちゃく》だ。

そう私《わたし》はつぶやいて固《かた》く捩《ねじ》っていた腰《こし》を引《ひ》き、片手《かたて》を床《ゆか》についてゆっくり起《お》き上《あ》がった。かったるそうな動作《どうさ》の節々《ふしぶし》に、恥《は》じているような横《おう》着《ちゃく》なような表情《ひょうじょう》が粘《ねば》りついた。それを振《ふ》り切《き》ってベランダに立《た》ち、芯《しん》にかすかな悪臭《あくしゅう》の潜《ひそ》む夜気《やき》を胸《むね》いっぱいに吸《す》いこもうとしたとたんに、その静《しず》かさが甦《よみがえ》った。

——しつこく真上《まうえ》を飛《と》ぶわね。でも、この前《まえ》の空襲《くうしゅう》のほうがひどかったのじゃないかしら。ほら、戸越《とごし》の叔母《おば》さんたちが逃《に》げてきた時《とき》。

——ケンジさん、何《なに》してるの、早《はや》く防空壕《ぼうくうごう》へ入《はい》りなさいな。あら、厭《いや》だわ、畑《はたけ》におしっこなんかしている。味方《みかた》の戦闘機《せんとうき》は近頃《ちかごろ》ちっとも飛《と》ばないようね。

——畑《はたけ》の茄子《なす》は根《ね》がついたようね。でも、あれがぜんぶ実《みの》ったら、毎《まい》日茄子《にちなす》ばっかり食《た》べるのかしら。ああ、お台所《だいどころ》の小豆《あずき》、べつにお祝事《いわいごと》はないけど、せっかくいただいたから、お赤飯《せきはん》にしようと思《おも》ってね。お砂《さ》糖使《とうつか》えなくては、ほかにしようがないでしょう。

——着物《きもの》はね、いくら箱《はこ》を頑丈《がんじょう》にして埋《う》めたって、駄目《だめ》ですよ。どのみち、土《つち》の中《なか》で湿気《しけ》るか、家《いえ》の中《なか》で焼《や》けるか、あきらめたほうがいいですよ。物《もの》に心《こころ》が残《のこ》ると、命《いのち》を落《お》としますから。裏《うら》のお婆《ばあ》さん、恐《こわ》くなると電燈《でんとう》をつける癖《くせ》があるけど、大丈夫《だいじょうぶ》かしら。

――お友達《ともだち》のところでは、焼跡《やけあと》から、お人形《にんぎょう》が焼《や》け残《のこ》って出《で》てきたんですって。そんなことって、あるのかしら。

――女《おんな》も乗《の》っているんですってね、B29には。厭《いや》らしい……。

大勢《おおぜい》のいる静《しず》かさだった。大勢《おおぜい》が息《いき》をひそめて、生温《なまぬる》い匂《にお》いを暗闇《くらやみ》の底《そこ》にひろげて、ことさら日常《にちじょう》のことをひそひそと話《はな》している。

私《わたし》ひとりの、怯《おび》えの静《しず》かさではなかった。

恐怖《きょうふ》は肉体《にくたい》のものだ。精神《せいしん》は恐怖《きょうふ》を受《う》け止《と》められない。どうかすると肉体《にくたい》から置《お》き残《のこ》されて、のどかに物《もの》を眺《なが》め考《かんが》える。

防空壕《ぼうくうごう》の中《なか》へ閃光《せんこう》が射《さ》して、女《おんな》の顔《かお》がふたつ浮《うか》んだ。私《わたし》の母親《ははおや》と姉《あね》だが、常《つね》の顔《かお》とは違《ちが》う。顔《かお》というよりも恐怖《きょうふ》の面相《めんそう》そのものだった。母子《ぼし》三人《さんにん》、剝出《むきだ》しの面相《めんそう》はそれでも目《め》を見《み》かわした。一瞬《いっしゅん》、お互《たが》いの目《め》を、恐怖《きょうふ》の対象《たいしょう》であるかのように、見《み》つめあった。

壕《ごう》から飛《と》び出《だ》すと、目《め》の前《まえ》に家《いえ》がいつもと変《かわ》らぬ表情《ひょうじょう》で立《た》っていた。二階《にかい》の瓦屋根《かわらやね》の上《うえ》で鬼火《おにび》*の大《おお》きいのが幾《いく》つかちろちろと炎《ほのお》を伸《の》ばしていた。白《しろ》い煙《けむり》が建物《たてもの》の隙間《すきま》という隙間《すきま》からゆっくりと湧《わ》き出《だ》して軒《のき》の下《した》にこもり、すこしずつ庇《ひさし》*を回《まわ》って昇《のぼ》っていく。雨戸《あまど》を立《た》てていない階下《かいか》の縁側《えんがわ》から、ひっそりと閉《と》じた障子《しょうじ》が見《み》え、内《うち》からほの赤《あか》く染《そ》まっていた。家具《かぐ》のような角《かく》ばった影《かげ》がそこに映《うつ》って、斜《なな》めに揺《ゆう》めき上《あ》がったり沈《しず》んだりしていた。おかしなことに、男《おとこ》の子《こ》の私《わたし》が、家《いえ》の中《なか》にある人形《にんぎょう》のことを思《おも》った。二階《にかい》の床《とこ》の間《ま》の左右《さゆう》に、四角《しかく》いガラスケースに入《はい》った汐汲《しおくみ》*人形《にんぎょう》と、釣鐘型《つりがねがた》のガラスケースに入《はい》った西洋人形《せいようにんぎょう》。西洋人形《せいようにんぎょう》は騎士風《きしふう》の男装《だんそう》の麗人《れいじん》。ほかに、本棚《ほんだな》の脇《わき》に壁掛《かべか》け人形《にんぎょう》が扇型《おうぎがた》に開《ひら》いたスカート

鬼火《おにび》　暗《くら》い雨夜《あまよ》などに空中《くうちゅう》を浮遊《ふゆう》する怪火《かいか》。燐火《りんか》、人魂《ひとだま》、火《ひ》の玉《たま》とも呼《よ》ばれる。ここでは、落《お》とされた焼夷弾《しょういだん》（後出《こうしゅつ》）が爆発《ばくはつ》して飛《と》び散《ち》った油脂《ゆし》の火《ひ》の玉《たま》のこと。

庇《ひさし》　建物《たてもの》の窓《まど》・出入《でい》り口《ぐち》・縁側《えんがわ》などの上部《じょうぶ》に部分的《ぶぶんてき》に設《もう》けられた小屋根《こやね》。

汐汲人形《しおくみにんぎょう》　歌舞伎《かぶき》の演目《えんもく》の一《ひと》つ「汐汲《しおくみ》」を表現《ひょうげん》した人形《にんぎょう》。

から細長《ほそなが》い脚《あし》をぶらぶらさせている。押入《おしい》れの奥《おく》に蔵《しま》われた雛人形《ひなにんぎょう》は顔《かお》を和紙《わし》で被《おお》われている……。

――ああ、手《て》のつけようもない、あなたたち、先《さき》に角《かど》のところまで逃《に》げなさい。

母親《ははおや》が叫《さけ》んだ。その嗄《しわが》れたような声《こえ》だけは、身体《からだ》からじかに覚《おぼ》えている。恐怖《きょうふ》とひとつに融《と》け合《あ》った恥《はじ》、ほとんど肉体的《にくたいてき》な恥辱感《ちじょくかん》だった。

家《いえ》の外《そと》へ走《はし》り出《で》る途中《とちゅう》、庭《にわ》にいくつも燃《も》えている小《ちい》さな炎《ほのお》のひとつを、姉《あね》が踏《ふ》み消《け》そうとした。学校《がっこう》で教《おし》えられたとおりのことをけなげに実行《じっこう》したわけだ。ところが炎《ほのお》は靴《くつ》のほうへ粘《ねば》りついて来《き》て、姉《あね》はあわてて地面《じめん》に足《あし》をこすりつけた。靴《くつ》からはようやく火《ひ》が消《き》えたが、こすりつけた地面《じめん》で炎《ほのお》がまた燃《も》え上《あ》がった。後《あと》に知《し》ったところによれば、*焼夷弾《しょういだん》の中身《なかみ》は重油《じゅうゆ》をゼリー状《じょう》に固《かた》めたものだというから、火《ひ》の粘《ねば》りついてくるのは当《あた》り前《まえ》である。それにしても、周囲《しゅうい》ではすでに白煙《はくえん》の中《なか》からあち

焼夷弾《しょういだん》　敵《てき》の建造物《けんぞうぶつ》や陣地《じんち》を焼《や》くことを目的《もくてき》とした砲弾《ほうだん》や爆弾《ばくだん》。よく燃《も》える油《あぶら》を詰《つ》めていて、火《ひ》を消《け》すことが難《むずか》しい。

こち火《ひ》の手《て》が上《あ》がっているのに、庭《にわ》に飛《と》び散《ち》った炎《ほのお》のひとつを踏《ふ》み消《け》そうとした少女《しょうじょ》の生真面目《きまじめ》さは烈《はげ》しいと言《い》えば烈《はげ》しいが、悲惨《ひさん》な空襲《くうしゅう》を何度《なんど》も体験《たいけん》したはずの二十年五月末《にじゅうねんごがつすえ》にもなって、そんな無意味《むいみ》な教《おし》えが生徒《せいと》たちに訂正《ていせい》されなかったというのも罪《つみ》な話《はなし》だ。人《ひと》が防火《ぼうか》に身《み》を挺《てい》している様子《ようす》はどこにもなく、大勢《おおぜい》の走《はし》る音《おと》と、ときどき名《な》を呼《よ》びかわす女《おんな》の声《こえ》だけが聞《きこ》えた。*高射砲陣地《こうしゃほうじんち》のある女学校《じょがっこう》の方角《ほうがく》で、間遠《まどお》に立《た》つ男《おとこ》の叫《さけ》びが、犬《いぬ》の遠吠《とおぼ》えのようだった。そう言《い》えば、空襲《くうしゅう》の夜《よる》に犬《いぬ》が遠《とお》く近《ちか》くで一斉《いっせい》に吠《ほ》えはじめることはよくあった。

母親《ははおや》はそのあいだ庭《にわ》に留《とど》まって、せめて防空壕《ぼうくうごう》の中《なか》へは火《ひ》を入《い》れまいと、壕《ごう》の入口《いりぐち》の蓋《ふた》にスコップで土《つち》をかぶせ、その上《うえ》から、これも教《おし》えられたとおり、水《みず》をかけていた。ところが壕《ごう》の蓋《ふた》は斜《なな》めに傾《かたむ》いているものだから、土《つち》をかぶせて水《みず》をかけると、土《つち》はずるずると流《なが》れてしまう。火《ひ》を吹《ふ》きはじめた家《いえ》の前《まえ》で、あせりにあせって同《おな》じ無駄骨《むだぼね》を繰返《くりかえ》すうち

高射砲《こうしゃほう》　侵入《しんにゅう》する敵機《てっき》を迎撃《げいげき》するのに用《もち》いる火砲《かほう》。

に、やることもちぐはぐになってきたので、スコップを放《ほう》り出《だ》して逃《に》げてきたという。

母親《ははおや》の来《く》るのを待《ま》って、私《わたし》たちは両側《りょうがわ》で火《ひ》の燃《も》え盛《さか》る長《なが》い坂道《さかみち》を大通《おおどお》りまで駆《か》け下《くだ》った。八歳《はっさい》の私《わたし》はときどき女《おんな》たちに両手《りょうて》を引《ひ》っ張《ぱ》られて宙《ちゅう》へ浮《う》くようなかたちになったが、お荷物《にもつ》にならぬ程度《ていど》には早《はや》く走《はし》ったらしい。大通《おおどお》りへ走《はし》り抜《ぬ》けたのと間一髪《かんいっぱつ》*の差《さ》で、背後《はいご》で燃《も》えた塀《へい》が道《みち》の上《うえ》へ崩《くず》れたと後《あと》で母親《ははおや》に聞《き》かされたが、その時《とき》には何《なに》も気《き》がつかなかった。恐怖感《きょうふかん》の記憶《きおく》はない。しかしこれは身体《からだ》に聞《き》いてみなくてはわからない。

大通《おおどお》りには避難者《ひなんしゃ》たちが道幅《みちはば》いっぱいにひろがって続々《ぞくぞく》と連《つら》なっていた。かなりの早足《はやあし》で、ザッザッザと音《おと》を立《た》てて歩《ある》いていた。これからいよいよ猛火《もうか》の中《なか》を潜《くぐ》るのだ、と私《わたし》は緊張《きんちょう》した。ところがしばらくして気《き》がつくと、なにやら周囲《しゅうい》の雰囲気《ふんいき》がだらけて、足取《あしど》りも鈍《にぶ》くなった。空《そら》

間一髪《かんいっぱつ》　事態《じたい》や物事《ものごと》がすぐそこまで差《さ》し迫《せま》っていること。

から敵機《てっき》の爆音《ばくおん》が消《き》えていた。そして私《わたし》たちの逃《に》げてきた高台《たかだい》のほうで、家々《いえいえ》の炎上《えんじょう》する音《おと》がターンターンと空《そら》へ昇《のぼ》りはじめた。あちこちで火柱《ひばしら》がむしろのどかな感《かん》じで上《あ》がった。大勢《おおぜい》の男《おとこ》たちの歓声《かんせい》に似《に》たざわめきが聞《きこ》えて、火《ひ》の粉《こ》が勢《いきお》いよく舞《ま》い上《あ》がるのは、棟《とう》の焼《や》け落《お》ちる音《おと》だ。やがて避難者《ひなんしゃ》の群《む》れは動《うご》かなくなった。大通《おおどお》り前方《ぜんぽう》の踏切《ふみき》りの近《ちか》くで、一軒《いっけん》の家《いえ》がもう二階《にかい》の梁《はり》を剝《む》き出《だ》して燃《も》えている。二《に》、三人《さんにん》の男《おとこ》が高《たか》いところに登《のぼ》って消火《しょうか》に当《あた》っていた。そのいかにも徒労《とろう》な、スローモーションめいた奮闘《ふんとう》を、皆《みな》そろってぼんやり眺《なが》めていた。

避難者《ひなんしゃ》の群《む》れが早足《はやあし》で歩《ある》いていたというのは、潮騒《しおさい》みたいな足音《あしおと》は別《べつ》として、私《わたし》の記憶違《きおくちが》いである。大学生《だいがくせい》になってからその場所《ばしょ》を歩《ある》いてみたら、私《わたし》たちが坂道《さかみち》を駆《か》けおりてきたその角《かど》から、踏切《ふみき》りのところまでは、ゆったりした足取《あしど》りでも五分《ごふん》とかからない。早足《はやあし》ではたちまち通《とお》り抜《ぬ》けてしまう。おそらく、私《わたし》たちが大通《おおどお》りへ出《で》た時《とき》には、群衆《ぐんしゅう》はもう進《すす》むとも止《と》まるともつかない、あてどもない足取《あしど》りになっていたのだろう。火《ひ》の中《なか》を駆《か》けてきた私《わたし》が、切羽詰《せっぱつま》った気持《きもち》を群衆《ぐんしゅう》に投影《とうえい》したのにちがいない。大《おお》きな荷物《にもつ》を背負《せお》って黙々《もくもく》と歩《ある》く姿《すがた》が、私《わたし》たち自身《じしん》は取《と》るものも取《と》りあえず逃《に》げてきたせいか、私《わたし》にはなにか空恐《そらおそ》しいもののように、身体《からだ》と荷物《にもつ》が一体《いったい》のように感《かん》じられたものだった。避難者《ひなんしゃ》たちのほうにも、早足《はやあし》でひたすら歩《あゆ》む者《もの》の表情《ひょうじょう》がまだこわばりついていたかもしれない。もっと都心《としん》のほうへ寄《よ》った、家《いえ》の密集《みっしゅう》した地域《ちいき》から、長《なが》い道《みち》を郊外《こうがい》へ避難《ひなん》してきた者《もの》たちも多《おお》かったはずだが、考《かんが》えてみれば、敵《てき》は都《と》心《しん》から郊外《こうがい》へと順序正《じゅんじょただ》しく焼夷弾《しょういだん》を降《ふ》らせたわけでもあるまいから、行《い》く先々《さきざき》で変《かわ》らず盛《さか》んな火《ひ》の手《て》の上《あ》がる道《みち》をただ郊外《こうがい》へ郊外《こうがい》へとの一念《いちねん》から、目《め》をつぶるようにして歩《ある》いてきたのかもしれない。それが、いつのまにか空《そら》から爆音《ばくおん》が消《き》えて、進《すす》むことがだんだん無意味《むいみ》に感《かん》じられる。避難者《ひなんしゃ》たちは惚《とぼ》けたような炎上《えんじょうしょう》と消火活動《かかつどう》を眺《なが》めていた。炎上《えんじょう》ならば高台《たかだい》のほうにふんだんに見《み》える。大半《たいはん》の人間《にんげん》は自分自身《じぶんじしん》の家《いえ》が今頃《いまごろ》燃《も》えているか、すでに焼《や》け落《お》ちてしまっている。線路際《せんろぎわ》と道路端《どうろはし》は家々《いえいえ》が強制疎開《きょうせいそかい》で取《と》り壊《こわ》され、その家《いえ》だけがどういうわけか一軒《いっけん》だけ残《のこ》っているので、*類焼《るいしょう》の恐《おそ》れはない。誰一人《だれひとり》として救援《きゅうえん》に駆《か》けつけない。家《いえ》はいまさら消《け》しても住《す》めそうにもないほど二階《にかい》がひどくやられている。踏《ふみ》切《き》りを《突破《とっぱ》》するには、多少《たしょう》の火《ひ》の粉《こ》はかぶるだろうが、べつに差《さ》し障《さわ》りはない。それなのに人々《ひとびと》はすっかり動《うご》かなくなり、道端《みちばた》やら強制疎《きょうせいそ》開《かい》の跡地《あとち》にてんでに腰《こし》をおろしはじめた。薄《うす》い煙《けむり》のあまねく立《た》ちこめる中《なか》で、赤《あか》い目《め》をしょぼつかせて、長《なが》いこと坐《すわ》っていた。私《わたし》は隣《となり》の女《おんな》の人《ひと》に握飯《にぎりめし》を貰《もら》ってがつがつと食《た》べた覚《おぼ》えはあるが、人《ひと》の話《はな》し声《ごえ》の記憶《きおく》がない。あれだけ大勢《おおぜい》の、しかもまだ興奮醒《こうふんさ》めやらぬはずの人間《にんげん》たちが流《なが》れを堰《せ》き止《と》められて中途半端《ちゅうとはんぱ》な状態《じょうたい》の中《なか》にしゃがみこんでいるのだから、重《おも》い声《こえ》のざわめきが道路《どうろ》を覆《おお》っていてもよいはずなのに、その感《かん》じが私《わたし》

類焼《るいしょう》　よそで起《お》こった火災《かさい》が燃《も》え移《うつ》って焼《や》けること。

の記憶《きおく》にまるで残《のこ》っていない。後々《のちのち》になっても私《わたし》は、大勢《おおぜい》が暗《くら》がりに坐《すわ》りこんで何事《なにごと》かの始《はじ》まるのを待《ま》っているところへ居合《いあ》わせると、ついあの夜《よる》の記憶《きおく》を探《さぐ》る癖《くせ》があるが、周囲《しゅうい》のざわめきと記憶《きおく》が共振《ともぶ》れを起《おこ》したためしはない。ところが、なにかのはずみで、ざわめきが全体《ぜんたい》から引《ひ》くことがある。すると、記憶《きおく》らしい感覚《かんかく》が身体《からだ》の中《なか》で動《うご》きかける。煙《けむり》のにおいを感《かん》じる。大勢《おおぜい》が集《あつ》まって黙《だま》りこんでいる静《しず》かさはおそろしい。私《わたし》はやはり怯《おび》えていたのだ。

そのうちに、例《れい》の一軒家《いっけんや》は焼《や》け爛《ただ》れた二階《にかい》の骨組《ほねぐ》みを晒《さら》して、それでも下火《したび》になった。高台《たかだい》のほうでも炎上《えんじょう》の音《おと》がおさまって、黒煙《こくえん》に汚《よご》れた空《そら》が白《しら》みはじめた。太陽《たいよう》は日没《にちぼつ》めいた赤味《あかみ》を帯《お》びて昇《のぼ》った。そして人《ひと》の影《かげ》の長《なが》く落《お》ちる道路《どうろ》を、いままでどこにつながれていたのか、一頭《いっとう》の赤《あか》牛《うし》がでかい図体《ずうたい》を弾《はず》ませて走《はし》り出《だ》した。百姓風《ひゃくしょうふう》の男《おとこ》があたふたと後《あと》を追《お》いかけた。皆《みな》、ようやく吃驚《びっくり》したような顔《かお》つきでしげしげと見《み》ていた。くすんだような朝《あさ》の光《ひかり》の中《なか》で、妙《みょう》に赤《あか》っぽい牛《うし》だった。

　我家《わがや》の焼跡《やけあと》に立《た》ったとき、私《わたし》は底《そこ》の抜《ぬ》けたような気楽《きらく》さを覚《おぼ》えた。これでもう焼《や》かれるものはない、これでもう空襲《くうしゅう》を恐《こわ》がることはない。四《し》方《ほう》の明《あか》るい灰色《はいいろ》のひろがりの中《なか》に点々《てんてん》と焼《や》け残《のこ》って、陰気《いんき》に煤《すす》けた羽目《はめ》板《いた》を晒《さら》して立《た》つ家々《いえいえ》のほうが、むしろ厄災《やくさい》の姿《すがた》のように見《み》えた。衣類《いるい》の焦《こ》げる臭《にお》いの充満《じゅうまん》した焼跡《やけあと》を棒《ぼう》の先《さき》で掘《ほ》り返《かえ》すと、見馴《みな》れた品《しな》がいろいろと、すっかり火《ひ》が通《とお》っていながら、あんがい原形《げんけい》を留《とど》めて出《で》てくるのが面白《おもしろ》かった。防空壕《ぼうくうごう》の中《なか》でぐっすり眠《ねむ》って目《め》を覚《さ》ますと、父親《ちちおや》がいつのまにか戻《もど》って来《き》ていて、庭《にわ》の隅《すみ》に、焼《や》け残《のこ》った門扉《もんぴ》を床《ゆか》にして焼《やけ》トタンでまわりを囲《かこ》ったバラック*が立《た》っていた。日《ひ》の暮《く》れに焦《こ》げ臭《くさ》い握飯《にぎりめし》が配《くば》られてきた。夜《よる》の眠《ねむ》りも安《やす》らかだった。定期便《ていきびん》と言《い》われた敵機《てっき》の来襲《らいしゅう》がその夜《よる》もあったらしいが、親《おや》たちも起《お》き出《だ》さなかったという。夜《よ》明《あ》け近《ちか》くの夢《ゆめ》の中《なか》でも、焼跡《やけあと》が見渡《みわた》すかぎりひろがり、人《ひと》の姿《すがた》の見《み》えな

バラック　ありあわせの材料《ざいりょう》を用《もち》いて作《つく》った粗末《そまつ》な小家屋《しょうかおく》。仮小屋《かりごや》。

い大通《おおどお》りを、昨日《きのう》の赤牛《あかうし》が飛《と》び回《まわ》っていた。耳《みみ》から足《あし》の先《さき》まで痺《しび》れさせるような重《おも》い声《こえ》で吠《ほ》えながら、太《ふと》い図体《ずうたい》を妙《みょう》なふうにくねらせて、踊《おど》り狂《くる》っていた。

次《つぎ》の夜《よる》、敵機《てっき》がまた多数来襲《たすうらいしゅう》して、私《わたし》は起《お》こされて外《そと》へ出《で》たが、防空壕《ぼうくうごう》にも入《はい》らず、庭《にわ》に腰《こし》をおろして空《そら》の戦闘《せんとう》を眺《なが》めていた。*探照燈《たんしょうとう》が敵機《てっき》を十字《じゅうじ》に捉《とら》えて、くっきりと浮《う》き出《だ》した機影《きえい》を粘《ねば》り強《づよ》く追《お》って離《はな》さない。迎撃機《げいげきき》の軽《かる》い爆音《ばくおん》がその夜《よる》は珍《めずら》しくしきりに攻撃《こうげき》を加《くわ》えるようだった。ときどき大《おお》きな火《ひ》の玉《たま》が空《そら》を斜《なな》めに滑《すべ》って墜《お》ちた。そらまた一機《いっき》、と父親《ちちおや》がいつのまにか樹《き》の上《うえ》に登《のぼ》って叫《さけ》んでいた。酔《よ》っぱらっていた。なぜ空《そら》の戦闘《せんとう》を見《み》るのに樹《き》に登《のぼ》ったのか、わからない。およしなさい、と母親《ははおや》が*外聞《がいぶん》をはばかって下《した》からたしなめていたが、面倒《めんどう》になってやめてしまった。あちこちの焼跡《やけあと》からも気楽《きらく》な歓声《かんせい》が上《あ》がっていた。気《き》ままそうに歩《ある》き回《まわ》る人影《ひとかげ》も見《み》えた。私《わたし》は墜落《ついらく》する火《ひ》の玉《たま》を十何機《じゅうなんき》か数《かぞ》えた。

探照燈《たんしょうとう》　強《つよ》い光源《こうげん》と反射鏡《はんしゃきょう》によって遠方《えんぽう》まで照《て》らし出《だ》せるようにした灯《ひ》。

外聞《がいぶん》　世間体《せけんてい》。世間《せけん》の評判《ひょうばん》。

どちらの飛行機《ひこうき》だかわかるものですか、と母親《ははおや》は憮然《ぶぜん》としたように言《い》っていた。しかし後《あと》で知《し》ったところによれば、その夜《よる》は実際《じっさい》にだいぶ敵機《てっき》を撃《う》ち落《おと》したものらしい。東京《とうきょう》でそれまでに焼《や》け残《のこ》ったのが、わずかな地域《ちいき》と、それに皇居《こうきょ》だけとなったので、温存《おんぞん》されていた迎撃機《げいげきき》が一斉《いっせい》に飛《と》び立《た》ったという。

空《そら》の地獄図《じごくず》を、地上《ちじょう》の地獄《じごく》をひとつ潜《くぐ》り抜《ぬ》けてきた者《もの》たちがひさしぶりにのびのびした気持《きもち》で眺《なが》めていたわけだ。

——そら、また一機《いっき》、墜《お》っこった。

それが昭和二十年五月二十五日《しょうわにじゅうねんごがつにじゅうごにち》の夜半《やはん》*から未明《みめい》にかけてのことで、私《わたし》の家《いえ》の焼《や》かれたのは二十四日《にじゅうよっか》の未明《みめい》である。芝《しば》、麻布《あざぶ》、渋谷《しぶや》、目《め》黒《ぐろ》、荏原《えばら》、大森《おおもり》と、おもに城南《じょうなん》*の山手《やまて》から郊外《こうがい》にかけて広《ひろ》い地域《ちいき》が焼《や》き払《はら》われた。消防庁《しょうぼうちょう》の資料《しりょう》では被害家屋約六万戸《ひがいかおくやくろくまんこ》にたいして死傷者四千《ししょうしゃよんせん》

夜半《やはん》 夜中《よなか》。
城南《じょうなん》 東京都区部《とうきょうとくぶ》のうち、皇居《こうきょ》を中心《ちゅうしん》に、その南部《なんぶ》に広《ひろ》がる地域名《ちいきめい》。

人《にん》ということだから、大空襲《だいくうしゅう》は大空襲《だいくうしゅう》にしても、阿鼻叫喚《あびきょうかん》の地獄《じごく》が至《いた》るところに現出《げんしゅつ》したわけではない。民衆《みんしゅう》は逃《に》げ足《あし》が早《はや》くなっていた。私《わたし》自身《じしん》もさほどの恐怖《きょうふ》の覚《おぼ》えはない。もっとも、これも身体《からだ》の奥底《おくそこ》にたずねてみなくてはわからないが。

私《わたし》が恐《こわ》い思《おも》いをしたのはむしろそれから後《あと》だった。私《わたし》たちは焼跡《やけあと》のバラックで数日暮《すうじつく》らしてから都下《とか》の八王子《はちおうじ》に移《うつ》り、半月《はんつき》ほどして母子三人《ぼしさんにん》、*機銃掃射《きじゅうそうしゃ》の多《おお》い東海道《とうかいどう》を避《さ》けて中央線廻《ちゅうおうせんまわ》りで岐阜県大垣市《ぎふけんおおがきし》の父親《ちちおや》の実《じっ》家《か》に落着《おちつ》いた。親《おや》たちはその前年《ぜんねん》の夏《なつ》から私《わたし》の兄《あに》たち二人《ふたり》を同《おな》じ岐阜県《ぎふけん》のもっと奥《おく》まったところにある母親《ははおや》の実家《じっか》へ疎開《そかい》させていた。女《おんな》の子《こ》と末《すえ》の男《おとこ》の子《こ》と、心細《こころぼそ》いほうの二人《ふたり》を手《て》もとに残《のこ》したのは母親《ははおや》の情《じょう》というものであろうが、東京《とうきょう》でも郊外《こうがい》までは空襲《くうしゅう》は及《およ》ぶまい、と*多寡《たか》を括《くく》ってもいたようである。今度《こんど》もまた、こんな静《しず》かな地方小都市《ちほうしょうとし》までは焼《や》かれまいと思《おも》ったのが見当違《けんとうちが》いだった。途中車窓《とちゅうしゃそう》から眺《なが》めた名古屋《なごや》の市《し》

機銃掃射《きじゅうそうしゃ》　機関銃《きかんじゅう》で敵《てき》をなぎ倒《たお》すように、上《うえ》から下《した》に向《む》けて、射撃《しゃげき》すること。特《とく》に戦闘機《せんとうき》が地上《ちじょう》の人間《にんげん》や建《たて》物《もの》に向《む》かって機銃《きじゅう》で射撃《しゃげき》すること。

多寡《たか》を括《くく》って　その程度《ていど》だろうと予測《よそく》すること。

街《がい》はすでにひどいありさまだった。もっと安全《あんぜん》であり気楽《きらく》でもあり、子《こ》供《ども》をすでに二人《ふたり》あずけている自分《じぶん》の実家《じっか》には行《い》かずに、一人暮《ひとりぐら》しの姑《しゅうとめ》のところへ身《み》を寄《よ》せたのは、これは嫁《よめ》の立場《たちば》である。

焼《や》き払《はら》われるということはおそろしいもので、その場所《ばしょ》その土地《とち》についての記憶《きおく》までが壊《こわ》れる。記憶《きおく》がおぼろげというのとも違《ちが》う。記憶《きおく》の気《き》分《ぶん》はむしろ憂鬱《ゆううつ》なほど濃《こ》いのに、具体的《ぐたいてき》な細部《さいぶ》を手繰《たぐ》り出《だ》すその糸口《いとぐち》のところに、なにか固《かた》い結節《けっせつ》がある感《かん》じだ。私《わたし》が生《う》まれてから八歳《はっさい》まで過《す》した家《いえ》のことにしても、その内部《ないぶ》のことを思《おも》い出《だ》そうとすると、あの夜《よる》の炎上寸前《えんじょうすんぜん》の家《いえ》の姿《すがた》が立《た》ちふさがる。大屋根《おおやね》の瓦《かわら》に鬼火《おにび》のような炎《ほのお》をゆらめかせ、障子《しょうじ》の内《うち》にはすでに赤《あか》い光《ひかり》をこもらせて、いよいよ静《しず》かに立《た》っている。

焼《や》かれる前《まえ》の大垣《おおがき》の町《まち》について私《わたし》の思《おも》い出《だ》せる風景《ふうけい》の断片《だんぺん》はひどくのどかなものしかない。駅前《えきまえ》から乗《の》る人力車《じんりきしゃ》の記憶《きおく》がある。私《わたし》はたいてい母親《ははおや》の膝《ひざ》の上《うえ》に抱《だ》かれていた。股引《ももひき》をはいた車夫《しゃふ》の脚《あし》がガニマタ気味《ぎみ》に地面《じめん》を調子《ちょうし》よく蹴《け》り、車《くるま》は断続的《だんぞくてき》な感《かん》じで滑《すべ》っていく。ああいう乗《の》り心《ごこ》地《ち》はほかに知《し》らない。母親《ははおや》は人力車《じんりきしゃ》の中《なか》ではよその女《おんな》の人《ひと》のようだった。*マル通《つう》の荷車《にぐるま》を犬《いぬ》が引《ひ》いていた。*人夫《にんぷ》がひとり前《まえ》を引《ひ》き、ポインターに似《に》た犬《いぬ》が四《し》、五頭車《ごとうくるま》に繋《つな》がれて、長《なが》い舌《した》を垂《た》らしながら、人《ひと》と一《いっ》緒《しょ》に前《まえ》のめりに綱《つな》を引《ひ》いていた。*チッキの荷物《にもつ》も犬《いぬ》たちに運《はこ》ばれてきた。

　水《みず》が豊《ゆた》かで、庭《にわ》や台所《だいどころ》の土間《どま》では掘抜《ほりぬ》き井戸《いど》が四六時中《しろくじちゅう》水槽《すいそう》を満《み》たしていた。小路《こうじ》の両側《りょうがわ》にも清水《しみず》が流《なが》れ、家《いえ》ごとに自宅《じたく》の前《まえ》の溝《みぞ》を仕切《しき》って魚《さかな》を泳《およ》がせていた。そんな路《みち》を或《あ》る朝散歩《あささんぽ》しながら、たしか空襲《くうしゅう》の前《ぜん》年《ねん》の夏《なつ》のこと、父親《ちちおや》が私《わたし》の歩《ある》き方《かた》をつくづく眺《なが》めながら、秋《あき》になったらマッサージ師《し》にかかって療《りょう》さなくてはならんな、とつぶやいていた。

　小《ちい》さな城《しろ》があって、石垣《いしがき》があり濠《ほり》があり、濠《ほり》をめぐる道《みち》は静《しず》かだった。

マル通《つう》　明治時代《めいじじだい》、日本政府《にほんせいふ》による物《ぶっ》資《し》輸送《ゆそう》の独占的権利《どくせんてきけんり》を受《う》けた内国通《ないこくつう》運株式会社《うんかぶしきがいしゃ》と、全国《ぜんこく》の各地域《かくちいき》で輸送《ゆそう》網《もう》を形成《けいせい》していた地区通運《ちくつううん》が社章《しゃしょう》として定《さだ》めたマーク。

人夫《にんぷ》　力仕事《ちからしごと》に従事《じゅうじ》する労働者《ろうどうしゃ》。

チッキ　手荷物《てにもつ》預《あずか》り証《しょう》。

小路《こうじ》には家《いえ》が軒《のき》を並《なら》べて立《た》てこんでいた。たしか間口《まぐち》のわりには奥行《おくゆ》きが深《ふか》くて、格子窓《こうしまど》の脇《わき》の格子戸《こうしど》からのぞくと、薄暗《うすぐら》い土間《どま》が奥《おく》へ細長《ほそなが》く続《つづ》いていた。廓町《くるわまち》と呼《よ》ばれる一郭《いっかく》だった。

その静《しず》かなたたずまいが、私《わたし》をまず怯《おび》えさせた。近所《きんじょ》を歩《ある》くたびに私《わたし》は家々《いえいえ》の土間《どま》やら路地《ろじ》の奥《おく》やらをのぞきこんだ。しかし防空壕《ぼうくうごう》はほとんど見当《みあた》らなかった。道《みち》を行《い》く人《ひと》たちの顔《かお》は、ここにも空襲《くうしゅう》が及《およ》ぶことを予想《よそう》もしていないように見《み》えた。焼夷弾《しょういだん》が落《お》ちたら逃《に》げ場《ば》もないと考《かんが》えると、私《わたし》は湿《しめ》っぽく沈《しず》んだ町《まち》の空気《くうき》にすでに煙《けむり》のにおいを嗅《か》ぐ気《き》がした。夜《よる》にはやはり敵機《てっき》の襲来《しゅうらい》があり、警報《けいほう》も出《だ》された。しかし私《わたし》の家《いえ》では外《そと》へも出《で》なかった。庭《にわ》の隅《すみ》に防空壕《ぼうくうごう》は掘《ほ》ってあったが、水《みず》の多《おお》い土地《とち》なので底《そこ》に水《みず》が浅《あさ》くたまって、蚊《か》の巣窟《そうくつ》になっていた。

警報《けいほう》のサイレンが鳴《な》ると私《わたし》は寝床《ねどこ》の中《なか》でかならず目《め》を覚《さ》ました。空襲《くうしゅう》の恐《こわ》さを知《し》らない祖母《そぼ》はともかく、母親《ははおや》までが起《お》き出《だ》そうとしないのが不可解《ふかかい》だった。姉《あね》も眠《ねむ》っているらしく声《こえ》をかけて来《こ》ない。敵機《てっき》はたいてい一《いち》、二《に》機《き》だったが、かなりの数《かず》が頭上《ずじょう》の高《たか》いところをゆっくり通《とお》り過《す》ぎて行《い》くこともあった。そんな時《とき》、私《わたし》は枕《まくら》もとに畳《たた》んだ服《ふく》を片手《かたて》で引《ひ》き寄《よ》せて息《いき》をこらした。高空《こうくう》の爆音《ばくおん》がどうかすると天井《てんじょう》から部屋《へや》の闇《やみ》に重《おも》くのしかかってくる。家《いえ》の外《そと》で低《ひく》い話《はな》し声《ごえ》が聞《きこ》える。内《うち》に炎《ほのお》をゆらめかせて静《しず》まっている家《いえ》の姿《すがた》を、私《わたし》は思《おも》い浮《うか》べる。爆音《ばくおん》はたしかに本格的《ほんかくてき》な空襲《くうしゅう》の時《とき》のように差《さ》し迫《せま》ってはいない。しかしその下《した》でただじっと横《よこ》たわっているのが、肉親《にくしん》たちの眠《ねむ》りに縛《しば》られて身動《みうご》きのならないのが、恐《おそろ》しかった。怯《おび》えの中《なか》をやがて赤《あか》い牛《うし》が跳《は》ね回《まわ》り、気狂《きぐる》いじみた陽気《ようき》さへ羽目《はめ》をはずしていく……。

祖母《そぼ》のところに或《あ》る日《ひ》中年《ちゅうねん》の男《おとこ》が御機嫌伺《ごきげんうかが》いに現《あら》われて、茶《ちゃ》を呑《の》みながら世間話《せけんばなし》をするうちに、毎夜《まいよ》のように敵機《てっき》が市《し》の上空《じょうくう》へ飛来《ひらい》するわけをしたり顔《がお》に説明《せつめい》した。なんでも、敵機《てっき》はどこそこ上空《じょうくう》で本土《ほんど》に進《しん》入《にゅう》し、どこそこを経由《けいゆ》してこの町《まち》の上空《じょうくう》を抜《ぬ》け、どこそこ方面《ほうめん》へ向《むか》う、つまり、この町《まち》は爆撃隊《ばくげきたい》の途中《とちゅう》経由地点《けいゆちてん》にすぎない、とかいうことだった。祖母《そぼ》はこの説明《せつめい》がたいそう気《き》に入《い》って、来《く》る客《きゃく》ごとに熱心《ねっしん》に受《う》け売《う》りした。枯枝《かれえだ》のような手《て》を上《あ》げ、欄間《らんま》*から天井《てんじょう》のほうを指差《ゆびさ》して、敵機《てっき》の通《とお》る道筋《みちすじ》を講釈《こうしゃく》したりしていた。客《きゃく》のほうもしきりに感心《かんしん》したふうにうなずいて、あちこちの都市《とし》の悲惨《ひさん》な状況《じょうきょう》の噂話《うわさばなし》をひそめ声《ごえ》でした。すると祖母《そぼ》は私《わたし》の母親《ははおや》から聞《き》いた東京《とうきょう》の空襲《くうしゅう》の話《はなし》をやはり噂話《うわさばなし》の口調《くちょう》で、すこしばかり大《おお》げさにまた受《う》け売《う》りする。おそろしい、などと客《きゃく》はつぶやいて、傍《そば》で黙《だま》って聞《き》いている私《わたし》の顔《かお》をちょっと気疎《けうと》そうに眺《なが》めたりした。

その私《わたし》は大人《おとな》たちの気《き》やすめの言葉《ことば》を信《しん》じていなかった。と言《い》っても、子供《こども》の私《わたし》に戦争《せんそう》の状況《じょうきょう》判断《はんだん》などができるわけもない。東京《とうきょう》の郊外《こうがい》の家《いえ》も、ここまでは焼《や》かれまいと思《おも》っていたのに結局《けっきょく》は焼《や》かれたではな

欄間《らんま》　天井《てんじょう》と、障子《しょうじ》や襖《ふすま》など引《ひ》き戸《ど》の上枠《うわわく》で溝《みぞ》が彫《ほ》られた部材《ぶざい》である鴨居《かもい》との間《あいだ》の開口部《かいこうぶ》。格子《こうし》や透《す》かし彫《ぼ》りの板部材《いたぶざい》などをはめて飾《かざ》る。

いか、と子供心《こどもごころ》に思《おも》ったことも確《たし》かだが、不信《ふしん》の念《ねん》はそんな類推《るいすい》から来《く》るのでもなかった。まず怯《おび》えが先《さき》だった。静《しず》かな町《まち》に来《き》てかえって解《と》き放《はな》たれた怯《おび》えが、子供《こども》の目《め》を冷《つめた》くしていた。昼夜《ちゅうや》のべつ僅《わず》かずつ怯《おび》える目《め》が、何《なに》も見《み》えないくせに一種明視《いっしゅめいし》のような敏感《びんかん》さを帯《お》びて、見《み》るものいちいちに悲惨《ひさん》の到来《とうらい》の気分《きぶん》を感《かん》じ取《と》った。肉体的《にくたいてき》にも変調《へんちょう》を来《き》たしていたらしい。水《みず》が変《かわ》ったせいと大人《おとな》たちは言《い》っていたが、手足《てあし》につぎつぎにデキモノができて、いつも*リンパ腺《せん》を腫《は》らしていた。おまけに祖母《そぼ》という人《ひと》が孫《まご》たちに甘《あま》い言葉《ことば》ひとつかけない厳《きび》しい人《ひと》で、東京《とうきょう》で度重《たびかさ》なる空襲《くうしゅう》のためにすっかり安直《あんちょく》に流《なが》れていた私《わたし》の行儀《ぎょうぎ》に我慢《がまん》がならず、立《たち》居振舞《いふるま》いの端々《はしばし》に小言《こごと》をいう。男《おとこ》の子《こ》のくせに元気《げんき》がないと言《い》われて、朝早《あさはや》く庭《にわ》を走《はし》らされたこともある。しかし叱咤《しった》されればされるほど、私《わたし》の身体《からだ》は重《おも》くなり、寝《ね》そべりがちになった。そして不吉《ふきつ》なことを考《かんが》えた。母親《ははおや》は姑《しゅうとめ》にたいしてこわばっていて、子供《こども》たちにたいしてもめっ

リンパ腺《せん》　リンパ管《かん》のところどころにある小《ちい》さなふくらみ。首《くび》やももの付《つ》け根《ね》、わきの下《した》など全身《ぜんしん》に分布《ぶんぷ》している。

きり口数《くちかず》がすくなく、空襲《くうしゅう》の不安《ふあん》さえあまり口《くち》にしなかった。

この家《いえ》では聞《き》き分《わ》けのない振舞《ふるま》いをするなと母親《ははおや》からきつく戒《いまし》められていたので、私《わたし》はおおむね穏和《おとな》しい、居《い》るのだか居《い》ないのだかわからないような子供《こども》だったが、ときどき、誰《だれ》にたいしてと言《い》わず、大声《おおごえ》で叫《さけ》びたいような衝動《しょうどう》を覚《おぼ》えることがあった。毎日《まいにち》、午前中《ごぜんちゅう》に私《わたし》は母親《ははおや》か女《じょ》中《ちゅう》に連《つ》れられて牛乳《ぎゅうにゅう》の配給《はいきゅう》を受《う》けに行《い》った。祖母《そぼ》はその頃《ころ》医者《いしゃ》にすすめられて牛乳《ぎゅうにゅう》を毎日《まいにち》二合《にごう》ずつ呑《の》んでいた。牛《うし》の乳《ちち》はさすがに気色《きしょく》が悪《わる》いと言《い》って、煮《に》え立《た》ちそうになるまで火《ひ》を通《とお》させ、熱《ねつ》のために表面《ひょうめん》に凝《こ》った薄膜《はくまく》をスプーンですっと掬《すく》い取《と》って、子供《こども》たちの見《み》ている前《まえ》で、貴重《きちょう》な砂糖《さとう》をふんだんに入《い》れて一人《ひとり》でゆっくり美味《うま》そうに呑《の》む。その牛乳《ぎゅうにゅう》を買《か》いに行《い》くわけだが、その途中《とちゅう》、同様《どうよう》に小鍋《こなべ》のようなものを下《さ》げて薄暗《うすぐら》い土間《どま》の奥《おく》からのんびり出《で》てくる女《おんな》たちと一緒《いっしょ》にぞろぞろと小路《こうじ》を歩《ある》きながら、私《わたし》はあまりにも無事平穏《ぶじへいおん》な空気《くうき》の中《なか》で、膝頭《ひざがしら》がおもむろに重苦《おもくる》しくなってくる。この町《まち》にもいまにかならず大空襲《だいくうしゅう》がやって来《く》る、その時《とき》には、このままでは大勢《おおぜい》の人間《にんげん》が逃《に》げ場《ば》を失《うしな》って焼《や》け死《し》んでしまう、今夜《こんや》かもしれない、と私《わたし》は思《おも》った。そして、空襲《くうしゅう》だあと火《ひ》のつくような声《こえ》で叫《さけ》んで道《みち》に大《だい》の字《じ》に寝転《ねころ》んでしまいたいような焦《あせ》りに取《と》り憑《つ》かれ、びっくりして見《み》ている大人《おとな》たちの顔《かお》まで思《おも》い浮《うか》べたが、表面《ひょうめん》では穏和《おとな》しくて陰気《いんき》な子供《こども》の顔《かお》を守《まも》っていた。

叫《さけ》びこそ立《た》てないが、まるで盲目《もうもく》の民《たみ》に滅亡《めつぼう》を告《つ》げ知《し》らせる予言者《よげんしゃ》みたいなものだ。正体《しょうたい》はもちろん、逃《に》げ足《あし》の遅《おそ》い子供《こども》の怯《おび》えである。しかし怯《おび》えの中《なか》へ沈《しず》みこんで恐怖《きょうふ》から逃《のが》れようとすることは、子供《こども》でもやることなのかもしれない。怯《おび》えを強《つよ》く抱《だ》きしめれば、恐怖《きょうふ》はこちらを物《もの》の数《かず》に入《い》れずに通《とお》り過《す》ぎるとでもいうような、そんなはかない気《き》やすめは、追《お》いつめられた人間《にんげん》の中《なか》にとかく生《う》まれるようだ。

最初《さいしょ》の厄災《やくさい》*は朝《あさ》のうちに呆気《あっけ》なくやって来《き》た。その前日《ぜんじつ》、私《わたし》はこのま

厄災《やくさい》　災難《さいなん》。

ま学校《がっこう》へ通《かよ》わずにいるわけにもいかないので、母親《ははおや》に連《つ》れられて、最寄《もよ》りの国民学校《こくみんがっこう》へ転校手続《てんこうてつづ》きをしに行《い》ってきた。私《わたし》ははなはだ気《き》が向《む》かなかった。まず、警報《けいほう》が出《で》ても生徒《せいと》をいっさい帰《かえ》さない決《き》まりになっているという。そのくせ、集団登校《しゅうだんとうこう》もやっていない。それに、入《い》れられた学《がっ》級《きゅう》が男女組《だんじょぐみ》だった。同《おな》じ組《くみ》の女《おんな》の子《こ》が私《わたし》の向《むか》いの家《いえ》にもいて、ここしばらく学校《がっこう》へ出《で》て来《こ》ない。明日《あす》から誘《さそ》い合《あ》わせて一緒《いっしょ》に来《き》なさい、と胡麻《ごま》塩頭《しおあたま》の担任教師《たんにんきょうし》が同様《どうよう》にもう一《いっ》カ月《げつ》あまりもずるずると学校《がっこう》を休《やす》んでいる私《わたし》の肩《かた》を叩《たた》いて笑《わら》ったが、転校早々《てんこうそうそう》から女《おんな》の子《こ》と一緒《いっしょ》に登校《とうこう》したら、地元《じもと》の子《こ》に何《なん》と言《い》われるかわからない。ちらりと見《み》かけたところでは、私《わたし》に似《に》てどこか陰気《いんき》な、おじけたような女《おんな》の子《こ》だった。あんな女《おんな》の子《こ》と、途中《とちゅう》で空襲《くうしゅう》に遭《あ》ったら、どうしよう……。そんな気持《きもち》が働《はたら》いてか、私《わたし》はその朝《あさ》になって熱《ねつ》を出《だ》した。おかげで今日《きょう》のところは学校《がっこう》へ行《い》かずに済《す》むことになって、たしか九時頃《くじごろ》、台所脇《だいどころわき》の四畳半《よじょうはん》に寝《ね》かされ、母《はは》親《おや》が床《とこ》のそばで針仕事《はりしごと》をしていた。空襲警報《くうしゅうけいほう》は出《で》ていたはずだ。爆風《ばくふう》の記憶《きおく》はない。ドドッと地《ち》の底《そこ》から来《き》た。母親《ははおや》に荒々《あらあら》しく抱《だ》き上《あ》げられて部屋《へや》を出《で》た時《とき》には、家《いえ》じゅうの障子《しょうじ》から襖《ふすま》から建具《たてぐ》のすべてが無残《むざん》に破《やぶ》れて、ガラスの破片《はへん》の一面《いちめん》に散《ち》った台所《だいどころ》の土間《どま》を、祖母《そぼ》と姉《あね》と若《わか》い女中《じょちゅう》が互《たが》いに名《な》を呼《よ》びかわしながら、足袋《たび》はだしで走《はし》っていた。近所《きんじょ》には火《ひ》の手《て》ひとつ立《た》たず、平生《へいぜい》とまるで変《かわ》りがなく、ただ南《みなみ》の空《そら》に埃《ほこり》のようなものがさかんに立《た》って、男《おとこ》たちの叫《さけ》びが妙《みょう》にゆっくりと、牛《うし》の吠《ほ》え声《ごえ》のように昇《のぼ》った。水《みず》のたまった防空壕《ぼうくうごう》に落着《おちつ》いて見《み》ると、女中《じょちゅう》が額《ひたい》から血《ち》を流《なが》していた。

たった一機《いっき》気紛《きまぐ》れのように飛来《ひらい》した敵機《てっき》が大型爆弾《おおがたばくだん》を一発《いっぱつ》、後《あと》で聞《き》けば一《いっ》トン爆弾《ばくだん》ということだったが、私《わたし》の家《いえ》からさほど遠《とお》くない市中《しちゅう》を流《なが》れる川《かわ》の縁《へり》に落《おと》して行《い》った。その程度《ていど》の空襲《くうしゅう》で壕《ごう》に入《はい》る習慣《しゅうかん》のない市民《しみん》たちが多数《たすう》死《し》んだ。血《ち》まみれの負傷者《ふしょうしゃ》が続々《ぞくぞく》と運《はこ》ばれていく、という情報《じょうほう》がまもなく私《わたし》たちのところにも入《はい》った。手《て》のつけようのない重傷者《じゅうしょうしゃ》もすくなくなくて、私《わたし》の家《いえ》の前《まえ》の小路《こうじ》を運《はこ》ばれてくるのもあるという。それでも私《わたし》の家《いえ》では、とりあえず蚊取線香《かとりせんこう》と茶《ちゃ》の道具《どうぐ》と、ちょうど沸《わ》いていた鉄瓶《てつびん》の湯《ゆ》が、湿《しめ》っぽい壕《ごう》の中《なか》へ運《はこ》びこまれた。家《いえ》の中《なか》を見《み》回《まわ》ってきた母親《ははおや》が、私《わたし》の寝《ね》ていた蒲団《ふとん》の上《うえ》に簞笥《たんす》がまともに倒《たお》れていたと話《はな》した。私《わたし》を抱《だ》き上《あ》げた時《とき》には、まるで気《き》がつかなかったという。生徒《せいと》たちに犠牲者《ぎせいしゃ》が出《で》たという噂《うわさ》は入《はい》って来《こ》なかったが、その朝《あさ》から私《わたし》の行《い》くはずだった学校《がっこう》も同《おな》じ川縁《かわべり》にあった。母親《ははおや》はしかしそのことを口《くち》にしなかった。額《ひたい》の出血《しゅっけつ》の止《と》まった女中《じょちゅう》がていねいに茶《ちゃ》をいれながら、また説教《せっきょう》をはじめた祖母《そぼ》に潤《うる》んだ目《め》でうなずいていた。なんでも、叱《しか》られるとすぐにふくれづらをして女中部屋《じょちゅうべや》に閉《と》じこもる、そしてガラス窓《まど》のそばに坐《すわ》って外《そと》などぼんやり眺《なが》めているから、こういう目《め》に遭《あ》うのだ、というような理不尽《りふじん》な説教《せっきょう》だった。

それが六月《ろくがつ》の末《すえ》のことだったと記憶《きおく》している。家《いえ》の中《なか》が寝起《ねお》きできる状態《じょうたい》ではなかったので、私《わたし》たちはひとまず郊外《こうがい》のほうの知合《しりあ》いのところへ身《み》を寄《よ》せることになり、その暮《く》れ方《がた》、私《わたし》はどういうわけか一人《ひとり》で、物《もの》も言《い》わない中年《ちゅうねん》の男《おとこ》の引《ひ》く荷車《にぐるま》の尻《しり》に後向《うしろむ》きに腰《こし》かけて、薄暗《うすぐら》く沈《しず》んだ町《まち》を田舎《いなか》のほうへ運《はこ》ばれて行《い》った。貰《もら》い子《ご》に出《だ》されるような気《き》がしたが、しかし不思議《ふしぎ》に安《やす》らいだ心地《ここち》だった。

それにひきかえ何日《なんにち》かして家族《かぞく》と一緒《いっしょ》にもどって来《き》て、家《いえ》がすっかり元《もと》どおりになり、近所《きんじょ》の家々《いえいえ》も元《もと》のままのどかに軒《のき》を並《なら》べて立《た》てこんでいるのを目《め》にした時《とき》には、蔵《くら》の中《なか》へ押《お》しこまれるような息苦《いきぐる》しさを覚《おぼ》えた。

まもなく大阪《おおさか》から伯父《おじ》が、東京《とうきょう》から私《わたし》の父親《ちちおや》がようやく駆《か》けつけ、途中《とちゅう》の町々《まちまち》はもうほとんど廃墟《はいきょ》であったようなことを話《はな》して、人《ひと》を頼《たの》んで庭《にわ》にもうひとつの防空壕《ぼうくうごう》を掘《ほ》らせた。湧《わ》き水《みず》を避《さ》けて前《まえ》の壕《ごう》よりも浅《あさ》くしたかわりに、盛《も》り土《ど》を高《たか》く堅固《けんご》にして、よほど頼《たの》もしげに見《み》えたが、その夜《よる》さっそく多数《たすう》の敵機《てっき》の襲来《しゅうらい》があった。祖母《そぼ》もさすがに壕《ごう》へ入《はい》るようになった。私《わたし》たちがこの町《まち》へ来《き》てからはじめての空襲《くうしゅう》らしい空襲《くうしゅう》で、頭上《ずじょう》にふっと生《しょう》じる切迫感《せっぱくかん》がやがてザザザッとずり落《お》ちるような音《おと》に変《かわ》り、キューンと甲高《かんだか》い唸《うな》りを立《た》て、こちらをまっしぐらに目指《めざ》して落《お》ちてくる。爆弾《ばくだん》だ、いや焼夷弾《しょういだん》だ、と伯父《おじ》と私《わたし》の父親《ちちおや》がそのつど押《お》し殺《ころ》した声《こえ》で叫《さけ》び、祖母《そぼ》が念仏《ねんぶつ》の声《こえ》を張《は》り上《あ》げるが、落下音《らっかおん》はそのつど途中《とちゅう》で消《き》えてしまう。しかし次《つぎ》にまた始《はじ》まると、真上《まうえ》から落《お》ちて来《く》るようにしか聞《きこ》えない。爆弾《ばくだん》なら、次《つぎ》の瞬間《しゅんかん》にはもう生命《いのち》がない。私《わたし》は膝《ひざ》をきつく抱《かか》えこんで、今《いま》の今《いま》の瞬間《しゅんかん》の中《なか》へうずくまりこんだ。爆弾《ばくだん》だ焼夷弾《しょういだん》だと競《きそ》って叫《さけ》んでいる父親《ちちおや》たちの声《こえ》が、なにか羽目《はめ》をはずして燥《はしゃ》いでいるように、赤牛《あかうし》の踊《おど》りのように感《かん》じられた。爆弾《ばくだん》が投下《とうか》された場合《ばあい》には親《おや》指《ゆび》で耳《みみ》の穴《あな》をふさぎ、残《のこ》りの指《ゆび》で目《め》と鼻《はな》を守《まも》り、口《くち》をゆるく開《ひら》け、と学《がっ》校《こう》で教《おし》えられたことを思《おも》い出《だ》したが、そんなもっともらしい教《おし》えの中《なか》にも、赤牛《あかうし》の踊《おど》りの破《やぶ》れかぶれがひそんでいるように思《おも》えた。落下音《らっかおん》がいよいよ迫《せま》ると、身体《からだ》をつつむ空気《くうき》が異様《いよう》な固《かた》さを帯《お》びて、窒息感《ちっそくかん》の中《なか》から、道端《みちばた》で揺《ゆ》れる草花《くさばな》のような、今《いま》この瞬間《しゅんかん》と何《なん》のかかわりもない物《もの》の像《ぞう》が、ぽっかりと目《め》に浮《うか》んだ。その静《しず》かさ、たわいなさが、空恐《そらおそ》しかった。

あの夜《よる》は、市内《しない》の空《そら》が赤《あか》く焼《や》けたような覚《おぼ》えはない。近隣《きんりん》の中都市《ちゅうとし》か軍事施設《ぐんじしせつ》への爆撃《ばくげき》だったかもしれない。低空《ていくう》から頭上《ずじょう》へ侵入《しんにゅう》され焼夷弾《しょういだん》を降《ふ》らされる時《とき》には、落下音《らっかおん》などは耳《みみ》につかないものだ。それにしても、空《そら》も焦《こ》がさぬ程度《ていど》の空襲《くうしゅう》にあれだけ騒《さわ》いだ伯父《おじ》と私《わたし》の父親《ちちおや》がその翌《よく》日《じつ》か翌々日《よくよくじつ》、夜毎《よごと》に多数《たすう》の死傷者《ししょうしゃ》の出《で》るという都会《とかい》へ、それぞれまるで平気《へいき》な顔《かお》で帰《かえ》って行《い》ったのは、私《わたし》にはどうも腑《ふ》に落《お》ちなかった。しばらくは無事《ぶじ》が続《つづ》いた。梅雨《つゆ》がしつこく居坐《いすわ》り、私《わたし》は相変《あいかわ》らずリンパ腺《せん》を腫《は》らして、ごろごろと寝《ね》そべっては、今度《こんど》こそかならずこの町《まち》は焼《や》き払《はら》われると呪《のろ》いのように考《かんが》え、祖母《そぼ》はそんな私《わたし》のだらしなさを口《くち》やかましく叱《しか》り、母親《ははおや》は相変《あいかわ》らず口数《くちかず》がすくなく、姉《あね》までが妙《みょう》に無表情《むひょうじょう》を守《まも》っていた。女中《じょちゅう》は里《さと》へ帰《かえ》ったようだった。そして半月《はんつき》ほどした或《あ》る夜《よる》、私《わたし》たちは防空壕《ぼうくうごう》から飛《と》び出《だ》して、八方《はっぽう》に火《ひ》の手《て》の上《あ》がっているのを見《み》た。赤《あか》い光《ひかり》を背負《せお》って私《わたし》たちの家《いえ》は黒《くろ》く浮《う》き立《た》っていた。

　母親《ははおや》は逃《に》げなかった。子供《こども》たちを祖母《そぼ》にあずけて、自分《じぶん》は夫《おっと》の実家《じっか》に踏《ふ》み留《とど》まった。あのとき私《わたし》がどんな気持《きもち》へ追《お》いこまれたかは、不思議《ふしぎ》に覚《おぼ》えがない。一緒《いっしょ》に逃《に》げてと泣《な》き叫《さけ》びも、早《はや》く逃《に》げなさいと突《つ》き放《はな》されも、しなかったようだ。とにかく、私《わたし》と姉《あね》と祖母《そぼ》は門《もん》を出《で》て小路《こうじ》から濠《ほり》*端《ばた》へ全力《ぜんりょく》で走《はし》った。両側《りょうがわ》の家《いえ》はすでに燃《も》えていたはずだが、これも記憶《きおく》にない。私《わたし》は七十歳《ななじっさい》の老人《ろうじん》を引《ひ》っ張《ぱ》るかたちで走《はし》っていた。祖母《そぼ》は喉《のど》の奥《おく》からヒイヒイ喘《あえ》ぎながら、なにか呆《あき》れ返《かえ》ったようにのべつ口《くち》の中《なか》で呟《つぶや》

濠端《ほりばた》　城《しろ》などの濠《ほり》の岸《きし》。

いていた。どこまでも従《したが》いてくる、と私《わたし》は手《て》を固《かた》く握《にぎ》っていながらそんな薄情《はくじょう》なことを思《おも》ったものだった。

城《しろ》の壁《かべ》は白《しろ》く静《しず》まっていた。濠端《ほりばた》をしばらく走《はし》ったところで私《わたし》たちは振向《ふりむ》いた。すると百米《ひゃくメートル》あまり背後《はいご》の路上《ろじょう》で土煙《つちけむり》を上《あ》げて火柱《ひばしら》が立《た》った。こちらへよたよたと走《はし》ってくる人間《にんげん》たちの影《かげ》が、それに一瞬《いっしゅん》遅《おく》れるような呼吸《こきゅう》で、左右《さゆう》へ緩慢《かんまん》に倒《たお》れこんだ。そしてもう一発《いっぱつ》、さっきよりすこし手前《てまえ》で炸裂《さくれつ》した。その二発《にはつ》しか私《わたし》は目《め》にしなかった。しかしそれで充分《じゅうぶん》だった。まわりの人間《にんげん》たちが腰《こし》を屈《かが》めてざわざわと駆《か》け出《だ》し、濠《ほり》のすぐ縁《へり》の草《くさ》むらへ飛《と》びこんだ。手《て》を摑《つか》まれていた身体《からだ》がふいに自由《じゆう》になったのを覚《おぼ》えている。

気《き》がついてみると、水溜《みずた》めか濠《ほり》の取水口《しゅすいこう》か、小《ちい》さな水場《みずば》のまわりに女《おんな》たちが五《ご》、六人《ろくにん》うずくまり、私《わたし》はその中《なか》に包《つつ》みこまれていた。濡《ぬ》れた毛布《もう ふ》が輪《わ》の上《うえ》へかけられ、重《おも》い息《いき》が内《うち》にこもった。真上《まうえ》から唸《うな》りがまた迫《せま》った。女《おんな》たちは水《みず》の上《うえ》へ頭《あたま》を寄《よ》せ合《あ》い、太《ふと》い腰《こし》が私《わたし》の身体《からだ》を両側《りょうがわ》からじわじわと締《し》めつけ、苦《くる》しさのあまり私《わたし》が背《せ》を伸《の》ばそうとすると、誰《だれ》かが両手《りょうて》で私《わたし》の頭《あたま》を生温《なまぬる》く濡《ぬ》れたモンペ*の膝《ひざ》の上《うえ》へきつく押《おさ》えこんだ。

——直撃《ちょくげき》を受《う》けたら、この子《こ》を中《なか》にして、もろともに死《し》にましょう。

喉《のど》をしぼって叫《さけ》ぶ女《おんな》があった。もろともに、とあの耳馴《みみな》れた凜々《りり》しい言葉《ことば》がこんなところで、こんなふうに命剝《いのちむ》き出《だ》しに叫《さけ》ばれたことを、私《わたし》は直撃《ちょくげき》に劣《おと》らず恐《おそろ》しく感《かん》じた。死《し》にたいする言葉《ことば》の空《むな》しさに、身体《からだ》から恐怖《きょうふ》が一度《いちど》に溢《あふ》れ出《だ》した。輪《わ》から離《はな》れて逃《に》げ出《だ》したい、足《あし》の続《つづ》くかぎり一人《ひとり》で走《はし》りたい、とたったひとつのことを夢見《ゆめみ》ながら、私《わたし》は挟《はさ》みつけられた身体《からだ》をヒクヒクと動《うご》かしていた。

あれも恐怖《きょうふ》が宙《ちゅう》に掛《か》けたのどかな想念《そうねん》のひとつにすぎないな、と私《わたし》はつぶやいた。そして自分《じぶん》の身体《からだ》の、顔色《かおいろ》をそっとうかがうような気持《きもち》に

モンペ　労働用《ろうどうよう》の袴《はかま》の一《ひと》つ。第二次大《だいにじたい》戦中《せんちゅう》に婦人標準服《ふじんひょうじゅんふく》の活動衣《かつどうい》として着用《ちゃくよう》が奨励《しょうれい》された。

なった。四十歳《よんじっさい》に近《ちか》づいた身体《からだ》は今《いま》のところおよそ恐怖《きょうふ》などに縁《えん》がなさそうに寛《くつろ》いでいる。私《わたし》が不吉《ふきつ》なことを思《おも》えば思《おも》うほど、横着《おうちゃく》そうに寝《ね》そべる。しかし近頃《ちかごろ》、今《いま》にもなにか恐《こわ》いことをさりげなく切《き》り出《だ》しそうな気配《けはい》がある。

　あの程度《ていど》の恐怖《きょうふ》だって、そんなものじゃなかった、と私《わたし》は及《およ》び腰《ごし》で自《じ》分《ぶん》の身体《からだ》に鎌《かま》をかける。恐怖《きょうふ》というのは、物理的《ぶつりてき》に異質《いしつ》な空間《くうかん》へ踏込《ふみこ》むようなものだ。その境《さか》い目《め》のところで心《こころ》のほうはもう麻痺《まひ》してしまって、その場《ば》の切迫感《せっぱくかん》とまるで結《むす》びつかないことを取《と》りとめもなく考《かんが》えるか、そうでなければ、恐怖《きょうふ》を叫《さけ》びながらどこまでもうわずっていく。赤《あか》牛《うし》の踊《おど》りだ。しかし火炎《かえん》の勢《いきお》いは、そんなものじゃない。軒《のき》から軒《のき》へ水《すい》平《へい》に走《はし》ったりする。形象《けいしょう》だとか象徴《しょうちょう》だとかはどこまでも軽薄《けいはく》にできている。無事平穏《ぶじへいおん》な場《ば》にいる人間《にんげん》の心《こころ》が紡《つむ》ぐ形象《けいしょう》や象徴《しょうちょう》なら、咎《とが》め立《だ》てするにはおよばない。ひどいのは、恐怖《きょうふ》の真只中《まっただなか》にあってそれどころでないはずの人間《にんげん》がそんなものを思《おも》う、ときには見《み》る、ということだ。そして無事《ぶじ》に境《さか》いを越《こ》えて外《そと》へ出《で》ると、恐怖《きょうふ》の体感《たいかん》を忘《わす》れてしまう。覚《おぼ》えているつもりでじつは忘《わす》れている。

あの水場《みずば》のまわりから、私《わたし》たちはまもなく立《た》ち上《あ》がって、濡《ぬ》れた毛布《もうふ》を畳《たた》んだ。空《そら》には音《おと》がなく、まわりには敵弾《てきだん》の跡《あと》もなく、濠端《ほりばた》の道《みち》には新手《あらて》の避難者《ひなんしゃ》たちが大勢《おおぜい》ぞろぞろ歩《ある》いていて、何《なん》とも間《ま》の悪《わる》い気持《きもち》だった。私《わたし》はまた祖母《そぼ》と姉《あね》と三人《さんにん》で歩《ある》き出《だ》した。祖母《そぼ》は私《わたし》の手《て》を摑《つか》んで、あいたほうの手《て》で、片手《かたて》拝《おが》みを繰返《くりかえ》していた。数《すう》カ所《しょ》で火《ひ》の手《て》が盛《さか》んに上《あ》がっていたが、家々《いえいえ》はそれとは別世界《べっせかい》のような静《しず》かな瓦屋根《かわらやね》を並《なら》べていた。母親《ははおや》のことは、この程度《ていど》の火《ひ》なら、どこかへ無事《ぶじ》に逃《に》げのびている、と思《おも》った。明《あ》け方《がた》にもどって来《く》ると、あちこちで焼跡《やけあと》のくすぶる中《なか》で、私《わたし》たちの家《いえ》は元《もと》のまま立《た》っていた。防空壕《ぼうくうごう》のそばに母親《ははおや》が疲《つか》れはてた顔《かお》で坐《すわ》りこんでいた。祖母《そぼ》がまっさきに庭《にわ》に走《はし》りこんで母親《ははおや》の手《て》を握《にぎ》りしめて泣《な》いた。しかし私《わたし》はむしろ怯《おび》えたような気持《きもち》で、傷《きず》ひとつなく残《のこ》った家《いえ》を見上《みあ》げた。重苦《おもくる》しい暮《くら》しがまた続《つづ》くことになった。と、玄関脇《げんかんわき》の大《おお》きな水溜《みずたま》りが、水《みず》がいきなり燃《も》え出《だ》した。母親《ははおや》と出入《でい》りの男《おとこ》たちが血相《けっそう》を変《か》えて駆《か》けつけ、バケツの水《みず》を炎《ほのお》に叩《たた》きつけるようにして消《け》した。後《あと》から聞《き》くと*黄燐焼夷弾《おうりんしょういだん》の落《お》ちた跡《あと》で、直径一米《ちょっけいいちメートル》ほどのかなり深《ふか》い穴《あな》になっていた。水《みず》をかければかけるほど燃《も》え上《あ》がるような気《き》がしたという。もう数米《すうメートル》もずれていたら、家《いえ》は直撃《ちょくげき》を喰《く》らって助《たす》からないところだった。それにしても男《おとこ》ふたり女《おんな》ひとりでよくも消《け》し止《と》めたものだ。

しかしこの黄燐焼夷弾《おうりんしょういだん》のおかげで、私《わたし》たちはまもなく例《れい》の郊外《こうがい》の知合《しりあ》いのところへ難《なん》を避《さ》けることになった。弾《たま》の残骸《ざんがい》は処理《しょり》されて、自然発火《しぜんはっか》の恐《おそ》れはなくなったが、家《いえ》の羽目板《はめいた》やら門《もん》やら至《いた》るところに付着《ふちゃく》した黄燐《おうりん》の飛沫《しぶき》が、夜《よる》ともなると青《あお》く光《ひか》り出《だ》す。空《そら》からの目標《もくひょう》になると脅《おど》かされて、人《ひと》を頼《たの》んで水洗《みずあら》いしてもらったが、すっかりは落《お》ちない。そ

黄燐《おうりん》　リンの同素体《どうそたい》の一《ひと》つ。淡黄色《たんおうしょく》の半透明《はんとうめい》なろう状《じょう》の固体《こたい》。暗所《あんしょ》ではリン光《こう》を発《はっ》し、湿《しめ》った空気中《くうきちゅう》では自然《しぜん》に燃《も》えだす。

うこうするうちに、次《つぎ》の空襲《くうしゅう》では町全体《まちぜんたい》が焼《や》き払《はら》われるという噂《うわさ》もようやく広《ひろ》まってきた。噂《うわさ》は正《ただ》しくて、およそ半月後《はんつきご》に私《わたし》たちは疎開先《そかいさき》の郊《こう》外《がい》のほうから、炎上《えんじょう》する大垣《おおがき》の空《そら》を眺《なが》めた。その夜《よる》、その家《いえ》の人《ひと》たちと私《わたし》たちは総勢十人《そうぜいじゅうにん》ほど防空壕《ぼうくうごう》の中《なか》で、ひっきりなしにザザッと空《そら》をこするような音《おと》を立《た》てて落下《らっか》する焼夷弾《しょういだん》に息《いき》をひそめていたが、音《おと》がやや間遠《まどお》になると、二《に》、三人《さんにん》ずつ交代《こうたい》で畑《はたけ》の縁《へり》へ用《よう》を足《た》しに走《はし》り出《で》たりした。怯《おび》えが妙《みょう》に燥《はしゃ》いだような気分《きぶん》に変《かわ》っていた。町《まち》の方角《ほうがく》の空《そら》では、地《ち》上《じょう》から押《お》し上《あ》げる赤光《しゃっこう》の中《なか》へ、焼夷弾《しょういだん》がさらに投下《とうか》されていた。親弾《おやだま》が中空《ちゅうくう》ではじけると、無数《むすう》の火《ひ》の玉《たま》が八方《はっぽう》へ散《ち》り、枝垂《しだ》れるような感《かん》じで落《お》ちて行《い》く。照明弾《しょうめいだん》の必要《ひつよう》はもうなさそうだし、焼夷弾《しょういだん》が空中《くうちゅう》から発《はっ》火《か》することもなかろうから、落下《らっか》する弾《たま》のひとつひとつが地上《ちじょう》の猛火《もうか》を映《うつ》して輝《かがや》いていたのだろうか。畑《はたけ》の縁《へり》にしゃがみこんでいた同《おな》じ年《とし》の女《おんな》の子《こ》が腰《こし》を浮《う》かせて、ズロース*とモンペを上《あ》げかけたまま、禍々《まがまが》しい美《うつく》

ズロース　女性《じょせい》、子《こ》ども用《よう》の下着《したぎ》。ショーツより股下《またした》が長《なが》く、ゆったりしたもの。

しさに見入《みい》っていた。

あの老婆《ろうば》は無事《ぶじ》だったろうか。たしか新《あたら》しい防空壕《ぼうくうごう》のできたその翌《よく》日《じつ》、はじめて夜《よる》の空襲《くうしゅう》らしい空襲《くうしゅう》のあったそのあくる朝《あさ》のことだった。夏《なつ》めいた光《ひかり》が濠端《ほりばた》の道《みち》に爽《さわ》やかに降《ふ》っていた。敵機《てっき》が多数来襲《たすうらいしゅう》したその翌朝《よくあさ》は、私《わたし》の記憶《きおく》するところでは、かならずといってよいほど晴《は》れあがる。私《わたし》は伯父《おじ》と父親《ちちおや》に従《したが》いて散歩《さんぽ》をしていた。明《あか》るい城《しろ》の壁《かべ》を眺《なが》めては、あの白《しろ》さは夜《よる》になると敵《てき》の目標《もくひょう》になるな、とそんな子供《こども》らしくもないことを一人《ひとり》で考《かんが》えていた。老婆《ろうば》はすこしだぶついたモンペをはいて、町《まち》の中心部《ちゅうしんぶ》のほうから濠《ほり》にそってせかせかとした足取《あしど》りでやってきた。ただならぬ焦《あせ》りが全身《ぜんしん》に見《み》えた。そして私《わたし》たちの姿《すがた》をまともに見《み》つめながら、一人《ひとり》ぶつぶつと呟《つぶや》き呟《つぶや》きそばを通《とお》り過《す》ぎかけ、ふいに思《おも》いあまったふうに足《あし》を止《と》めてたずねた。

——大垣《おおがき》がいまに全滅《ぜんめつ》すると町《まち》では言《い》うとるが、ダンナさん、ほんまやろうか。

おろおろ声《ごえ》だが、*詰問《きつもん》の口調《くちょう》に近《ちか》かった。そんなことあるものか、と伯父《おじ》と父親《ちちおや》は笑《わら》った。晴《は》れやかな、わだかまりのない笑《わら》いだった。昨夜《さくや》の今朝《けさ》なのに、全滅《ぜんめつ》した町《まち》をあちこちで見《み》てきたと言《い》っていたはずなのに、それで頑丈《がんじょう》な防空壕《ぼうくうごう》を掘《ほ》らせたのに、と私《わたし》は呆気《あっけ》に取《と》られて顔《かお》を見《み》上《あ》げた。

老婆《ろうば》もおもねるような疑《うたが》うような薄笑《うすわら》いを浮《う》かべて見上《みあ》げていた。肩《かた》から膝《ひざ》にかけて、瘠《や》せこけた身体《からだ》が小刻《こきざ》みに顫《ふる》え、妙《みょう》なにおいをひろげた。それから急《きゅう》に笑《わら》いをとめると、会釈《えしゃく》もせずに離《はな》れた。いくらか気《き》の紛《まぎ》れた後姿《うしろすがた》が、濠端《ほりばた》を遠《とお》ざかるにつれて、また独《ひと》り言《ごと》を呟《つぶや》きつのるような早《はや》足《あし》になり、ふっと前《まえ》へ弾《はじ》き出《だ》されたかと思《おも》うとあたふたと駆《か》け出《だ》した。澄《す》んだ光《ひかり》の中《なか》に、生温《なまぬる》い顫《ふる》えのにおいがまだ近《ちか》くに残《のこ》っていた。防空壕《ぼうくうごう》の中《なか》で息《いき》をひそめる時《とき》の、そして異様《いよう》な気配《けはい》の近《ちか》づきを感《かん》じる時《とき》の、あ

詰問《きつもん》　相手《あいて》を責《せ》めて厳《きび》しく問《と》いただすこと。

のにおいだった。

あの老婆《ろうば》もおそらく、自宅《じたく》にたどりついて家《いえ》の者《もの》に町《まち》で耳《みみ》にした噂《うわさ》を話《はな》して聞《き》かせた時《とき》には、恐怖《きょうふ》の感覚《かんかく》をなかば忘《わす》れていたにちがいない。勝手《かって》に尾鰭《おひれ》をつけさえしたかもしれない。言葉《ことば》で誇張《こちょう》しなくとも目《め》つき顔《かお》つきで誇張《こちょう》して、その分《ぶん》だけ恐怖《きょうふ》から離《はな》れていく。しかし身体《からだ》は覚《おぼ》えていて、今《いま》の無事平穏《ぶじへいおん》をしばしの仮《か》りの状態《じょうたい》と感《かん》じている。そして時《とき》が至《いた》れば、何《なに》もかも承知《しょうち》だった表情《ひょうじょう》で黙々《もくもく》と逃《に》げ回《まわ》る。しかしそれで恐怖《きょうふ》が減《げん》じるわけでない。むしろ募《つの》るばかりだ——。

編者解説《へんじゃかいせつ》　眼《め》をこらす者《もの》たち

宮川健郎《みやかわたけお》

巻頭《かんとう》の「夜《よる》」（三木卓《みきたく》）の主人公《しゅじんこう》の少年《しょうねん》は、第二次世界大戦末期《だいにじせかいたいせんまっき》の満州国《まんしゅうこく》で暮《く》らしています。

満州国《まんしゅうこく》は、日本《にほん》が満州事変《まんしゅうじへん》によって占領《せんりょう》した中国東北部《ちゅうごくとうほくぶ》につくりあげた「傀儡国家《かいらいこっか》」です。「傀儡《かいらい》」というのは、あやつり人形《にんぎょう》のこと。中国清朝《ちゅうごくしんちょう》の最後《さいご》の皇帝溥儀《こうていふぎ》を満州国《まんしゅうこく》の皇帝《こうてい》にすえましたが、日本《にほん》の植民地《しょくみんち》にほかなりませんでした。一九三二（昭和《しょうわ》七）年《ねん》に建国《けんこく》され、一九四五（昭和《しょうわ》二〇）年《ねん》、日本《にほん》の敗戦《はいせん》によって消滅《しょうめつ》しました。

「それがあなた、原子《げんし》なんですよ。原子破壊《げんしはかい》ですよ」――「夜《よる》」は、階段《かいだん》に足《あし》をかけたままの戦闘帽《せんとうぼう》の男《おとこ》のことばではじまります。これは、一九四五年《ねん》八月六日《はちがつむいか》に広島《ひろしま》に投下《とうか》された原子爆弾《げんしばくだん》のことです。八月九日午前十一時《はちがつここのかごぜんじゅういちじ》には長崎《ながさき》へも原爆《げんばく》が投下《とうか》されますが、中立《ちゅうりつ》条約《じょうやく》をむすんでいたソ連《れん》が日本《にほん》に宣戦布告《せんせんふこく》をして、九日《ここのか》の午前一時《ごぜんいちじ》には、満州国《まんしゅうこく》との国境《こっきょう》を破《やぶ》って侵攻《しんこう》してきたのです。これが日本《にほん》の無条件降伏《むじょうけんこうふく》を決定的《けっていてき》なものにしました。新聞社《しんぶんしゃ》につとめる父親《ちちおや》がいいます。――「大変《たいへん》なことが起《おこ》った」「今《いま》から三十分位前《さんじっぷんくらいまえ》だ。北方《ほっぽう》の国境《こっきょう》が数《すう》カ所《しょ》にわたって破《やぶ》られた」。小説《しょうせつ》「夜《よる》」が描《えが》いたのは、八月八日《はちがつようか》から九日《ここのか》にかけての緊迫《きんぱく》した時間《じかん》です。ソ連軍《れんぐん》が町《まち》に近《ちか》づいている夜明《よあ》け、それでも、家族《かぞく》は、あらためて眠《ねむ》ろうとします。でも、少年《しょうねん》は眠《ねむ》れません。

少年《しょうねん》は兄《あに》の方《ほう》へ寝返《ねがえ》りを打《う》った。するとそこに兄《あに》の顔《かお》があって、じっと少年《しょうねん》をみつめているのだった。少年《しょうねん》も見返《みかえ》し、二人《ふたり》は見《み》つめあった。その時《とき》、今《いま》まで自分《じぶん》らが味《あじ》わったことのなかった、眩暈《めまい》がするような荒々《あらあら》しく熱《あつ》い時《とき》の流《なが》れのなかに自分《じぶん》たちがひたっているのだ、ということに気《き》づいた。

「荒々《あらあら》しく熱《あつ》い時《とき》の流《なが》れ」にひたりながら、少年《しょうねん》と兄《あに》が見《み》つめあっています。この『戦争《せんそう》がわたしたちを見《み》つめている　戦争文学《せんそうぶんがく》セレクション』第一巻《だいいっかん》『少年《しょうねん》が見《み》た戦争《せんそう》』に収録《しゅうろく》した作品《さくひん》には、時《とき》の流《なが》れのなかで眼《め》をこらしている少年《しょうねん》や少女《しょうじょ》のまなざしを感《かん》じる場面《ばめん》がいくつもあります。

「わたしが一番《いちばん》きれいだったとき」（茨木《いばらぎ》のり子《こ》）は、「わたしが一番《いちばん》きれいだったとき」が繰《く》り返《かえ》される詩《し》です。その第三連《だいさんれん》。

わたしが一番《いちばん》きれいだったとき
だれもやさしい贈物《おくりもの》を捧《ささ》げてはくれなかった
男《おとこ》たちは挙手《きょしゅ》の礼《れい》しか知《し》らなくて
きれいな眼差《まなざし》だけを残《のこ》し皆《みな》発《た》っていった

この「わたし」は、兵士《へいし》として戦地《せんち》にむかう若者《わかもの》たちの「きれいな眼差《まなざし》」をまっすぐに見返《みかえ》して、見送《みおく》ったにちがいありません。

「春《はる》さきのひょう」（杉《すぎ》みき子《こ》）では、大《おお》きな戦争《せんそう》の真《ま》っ最中《さいちゅう》に若《わか》い看護婦《かんごふ》（看護師《かんごし》）さんとして懸命《けんめい》に生《い》きたおかあさんのことが語《かた》られます。患者《かんじゃ》さんたちの高《たか》い熱《ねつ》をさます雪《ゆき》や氷《こおり》がどうしても必要《ひつよう》でした。のちに、自分《じぶん》のむすこたちに語《かた》った、やわらかい口調《くちょう》になっていますが、そのときのおかあさんは、必死《ひっし》だったのです。

こうした必死《ひっし》さ、切実《せつじつ》さは、**「そして、トンキーもしんだ」（たなべまもる）**や**「大《おお》もりいっちょう」（長崎源之助《ながさきげんのすけ》）**にも見出《みいだ》すことができます。「そして、トンキーもしんだ」には、戦争中《せんそうちゅう》の上野動物園《うえのどうぶつえん》で、ぞうのトンキーがどのように生《い》きて死《し》んだかが描《えが》かれています。園長代理《えんちょうだいり》のふくださんは、それを見《み》つめつづけます。「大《おお》もりいっちょう」には、空《くう》襲《しゅう》をさけて、学校《がっこう》ぐるみで、いなかに避難《ひなん》した（疎開《そかい》といいます）子《こ》どもたちのどうしようもない空腹《くうふく》と、それをまぎらわそうとして、ススムが描《か》きつづけた食《た》べ物《もの》の絵《え》のことが書《か》かれています。

ここまであげてきた作品《さくひん》の作者《さくしゃ》たちは、一九三一（昭和《しょうわ》六）年《ねん》の満州事変《まんしゅうじへん》からはじまる「十五年戦争《じゅうごねんせんそう》」とも「アジア・太平洋戦争《たいへいようせんそう》」ともいわれる長《なが》い戦争《せんそう》のなかで少年少女《しょうねんしょうじょ》期《き》をすごした人《ひと》たちです。**「ブッとなる閣《かく》へひり大臣《だいじん》」（古田足日《ふるたたるひ》）**では、日本《にほん》の同盟国《どうめいこく》ドイツの総統《そうとう》ヒトラーの名前《なまえ》をもじったヘトラーを最上位《さいじょうい》とする屁《へ》の試合《しあい》（ヘリンピック）が描《えが》かれます。しかし、一九四一（昭和《しょうわ》一六）年《ねん》には、アジアでの戦争《せんそう》がアメリカ、イギリスとの戦争《せんそう》に拡大《かくだい》して、子《こ》どもたちは、屁《へ》をひることもできない食糧難《しょくりょうなん》にみまわれることになります。

「烏《からす》の北斗七星《ほくとしちせい》」（宮沢賢治《みやざわけんじ》）は、第一次世界大戦《だいいちじせかいたいせん》のあとの時代《じだい》に書《か》かれたものです。作品《さくひん》がおさめられた童話集《どうわしゅう》『注文の多い料理店《ちゅうもんのおおいりょうりてん》』（一九二四年《ねん》）の広告《こうこく》ちらしには、「烏《からす》の北斗七星《ほくとしちせい》」について「戦《たたか》うものの内的感情《ないてきかんじょう》です。」と記《しる》されています。作者《さくしゃ》は、想像力《そうぞうりょく》によって、「戦争《せんそう》」の内側《うちがわ》に入《はい》り込《こ》んで考《かんが》えようとしています。

「赤牛《あかうし》」（古井由吉《ふるいよしきち》）の四〇歳《さい》に近《ちか》づいた「私《わたし》」が病気《びょうき》のきざしにおびえて立《た》った夜《よる》のベランダで、不意《ふい》に東京大空襲《とうきょうだいくうしゅう》の記憶《きおく》がよみがえります。空襲《くうしゅう》のあと、くすんだような朝《あさ》の光《ひかり》のなかへ、いままでどこにつながれていたのか、妙《みょう》に赤《あか》っぽい牛《うし》が一頭《いっとう》、道路《どうろ》に走《はし》り出《だ》します。太《ふと》い図体《ずうたい》をはずませて、重《おも》い声《こえ》でほえながら。一九四五（昭和《しょうわ》二〇）年五月《ねんごがつ》、八歳《はっさい》だった「私《わたし》」は、何《なに》もかもが焼《や》かれる恐怖《きょうふ》の果《は》てのような赤牛《あかうし》の踊《おど》りを見《み》ていたのです。

著者《ちょしゃ》プロフィール（収録順《しゅうろくじゅん》）

三木卓《みきたく》

（一九三五〜二〇二三）東京都《とうきょうと》生《う》まれ。幼少期《ようしょうき》を旧満州大連《きゅうまんしゅうだいれん》で過《す》ごす。早稲田大学卒《わせだだいがくそつ》。詩人《しじん》としてＨ氏賞《ししょう》、高見順賞《たかみじゅんしょう》、小説家《しょうせつか》として芥川賞《あくたがわしょう》、谷崎潤一郎賞《たにざきじゅんいちろうしょう》、読売文学賞《よみうりぶんがくしょう》、伊藤整文学賞《いとうせいぶんがくしょう》など受賞《じゅしょう》多数《たすう》。子《こ》どもの本《ほん》の作品《さくひん》に『ぽたぽた』（野間児童文芸賞《のまじどうぶんげいしょう》）、『イヌのヒロシ』（路傍《ろぼう》の石文学賞《いしぶんがくしょう》）、『ばけたらふうせん』『おおやさんはねこ』などがあり、アーノルド・ローベルの『がまくんとかえるくん』シリーズや『ふくろうくん』など絵本《えほん》の翻訳《ほんやく》も数多《かずおお》く手《て》がけている。

茨木《いばらぎ》のり子《こ》

（一九二六〜二〇〇六）大阪府生《おおさかふう》まれ。帝国女子医学薬学専門学校《ていこくじょしいがくやくがくせんもんがっこう》（現東邦大学《げんとうほうだいがく》）卒《そつ》。一九四八年《ねん》ごろから詩作《しさく》をはじめ、一九五三年《ねん》、川崎洋《かわさきひろし》らと詩誌《しし》「櫂《かい》」を創刊《そうかん》。一九九一年《ねん》、翻訳詩集《ほんやくししゅう》『韓国現代詩選《かんこくげんだいしせん》』で読売文学賞《よみうりぶんがくしょう》を受賞《じゅしょう》。詩集《ししゅう》に『対話《たいわ》』『見《み》えない配達夫《はいたつふ》』『人名詩集《じんめいししゅう》』など多数《たすう》。

杉《すぎ》みき子《こ》

（一九三〇〜）新潟県生《にいがたけんう》まれ。長野県女子専門学校卒《ながのけんじょしせんもんがっこうそつ》。一九五七年《ねん》、『かくまきの歌《うた》』などで児童文学者協会児童文学新人賞《じどうぶんがくしゃきょうかいじどうぶんがくしんじんしょう》、一九七二年《ねん》、『小《ちい》さな雪《ゆき》の町《まち》の物語《ものがたり》』で小学館文学賞《しょうがっかんぶんがくしょう》、一九八三年《ねん》、『小《ちい》さな町《まち》の風景《ふうけい》』で赤《あか》い鳥文学賞《とりぶんがくしょう》を受賞《じゅしょう》。二〇〇三年《ねん》、芸術《げいじゅつ》・文化功労《ぶんかこうろう》で新潟県《にいがたけん》知事表彰《ちじひょうしょう》。

たなべまもる

（一九二八〜二〇二四）広島県生《ひろしまけんう》まれ。ＮＨＫを中心《ちゅうしん》に放送番組《ほうそうばんぐみ》の執筆《しっぴつ》、脚色《きゃくしょく》、演出《えんしゅつ》に当《あ》たる。ラジオドラマ「でんしゃみち・１９８８」、テレビドラマ「少年《しょうねん》の島《しま》」など、原爆《げんばく》にかかわる作品《さくひん》がいくつもある。

長崎源之助《ながさきげんのすけ》

（一九二四～二〇一一）神奈川県生《かながわけんう》まれ。戦後《せんご》、佐藤《さとう》さとるらと同人誌《どうじんし》「豆《まめ》の木《き》」を創刊《そうかん》し、児童文学《じどうぶんがく》の創作《そうさく》を始《はじ》める。主《おも》な作品《さくひん》に『ヒョコタンの山羊《やぎ》』（日本児童文《にほんじどうぶん》学者協会賞《がくしゃきょうかいしょう》）、『忘《わす》れられた島《しま》』（野間児童文芸賞《のまじどうぶんげいしょう》）、『えんぴつびな』『汽笛《きてき》』など多数《たすう》。

古田足日《ふるたたるひ》

（一九二七～二〇一四）愛媛県生《えひめけんう》まれ。一九五三年《ねん》、早《そう》大童話会《だいどうわかい》にて鳥越信《とりごえしん》、山中恒《やまなかひさし》らと共《とも》に「『少年文学《しょうねんぶんがく》』の旗《はた》の下《した》に！」を発表《はっぴょう》し、評論《ひょうろん》と創作《そうさく》の双方《そうほう》から現代児童《げんだいじどう》文学《ぶんがく》を牽引《けんいん》する。一九九七年度《ねんど》から二〇〇一年度《ねんど》まで日《に》本児童文学者協会会長《ほんじどうぶんがくしゃきょうかいかいちょう》を務《つと》める。主《おも》な作品《さくひん》に『おしいれのぼうけん』『ダンプえんちょうやっつけた』『ロボット・カミイ』『モグラ原《はら》っぱのなかまたち』など多数《たすう》。

宮沢賢治《みやざわけんじ》

（一八九六～一九三三）岩手県生《いわてけんう》まれ。盛岡高等農林学《もりおかこうとうのうりんがっ》校卒《こうそつ》。一九二一年《ねん》から四年間《よねんかん》、花巻農学校教諭《はなまきのうがっこうきょうゆ》。教《おし》え子《ご》との交流《こうりゅう》を通《つう》じ岩手県農民《いわてけんのうみん》の現実《げんじつ》を知《し》り、羅須地人《らすちじん》協会《きょうかい》を設立《せつりつ》、農業技術指導《のうぎょうぎじゅつしどう》、レコードコンサートの開催《かいさい》など、農民《のうみん》の生活向上《せいかつこうじょう》をめざし尽力《じんりょく》するが、理想《りそう》かなわぬまま過労《かろう》で肺結核《はいけっかく》が悪化《あっか》、最後《さいご》の五年《ごねん》は主《おも》に病《びょう》床《しょう》で、作品《さくひん》の創作《そうさく》や改稿《かいこう》を行《おこな》った。生前刊行《せいぜんかんこう》されたのは、詩集《ししゅう》『春《はる》と修羅《しゅら》』、童話集《どうわしゅう》『注文《ちゅうもん》の多《おお》い料理店《りょうりてん》』のみ。

古井由吉《ふるいよしきち》

（一九三七～二〇二〇）東京都生《とうきょうとう》まれ。東京大学独文《とうきょうだいがくどくぶん》科修士課程修了《かしゅうしかていしゅうりょう》。ドイツ文学《ぶんがく》の翻訳《ほんやく》を手《て》がけたのち、一九七一年《ねん》「杳子《ようこ》」で芥川賞《あくたがわしょう》を受賞《じゅしょう》。一九八〇年《ねん》『栖《すみか》』で日本文学大賞《にほんぶんがくたいしょう》、一九八三年《ねん》『槿《あさがお》』で谷崎潤一郎賞《たにざきじゅんいちろうしょう》、一九八七年《ねん》「中山坂《なかやまざか》」で川端康成文学賞《かわばたやすなりぶんがくしょう》、一九九〇年《ねん》『仮往生伝試文《かりおうじょうでんしぶん》』で読売文学賞《よみうりぶんがくしょう》、一九九七年《ねん》『白髪《はくはつ》の唄《うた》』で毎日芸術賞《まいにちげいじゅつしょう》を受賞《じゅしょう》。その他《た》の主《おも》な作品《さくひん》に『山躁《さんそう》賦《ふ》』『眉雨《びう》』『楽天記《らくてんき》』『野川《のがわ》』『この道《みち》』など多数《たすう》。

初出／底本一覧

三木卓「夜」――『青春と読書』一九七二年十二月号　集英社／『砲撃のあとで』集英社

茨木のり子「わたしが一番きれいだったとき」――『見えない配達夫』一九五八年　飯塚書店／『現代詩文庫20　茨木のり子』思潮社

杉みき子「春さきのひょう」――『かくまきの歌』一九八〇年　童心社／『杉みき子選集1　わらぐつのなかの神様』新潟日報事業社

たなべまもる「そして、トンキーもしんだ」――『そして、トンキーもしんだ』一九八二年　国土社／『そして、トンキーもしんだ』国土社

長崎源之助「大もりいっちょう」――『大もりいっちょう　絵本・平和のために』一九七八年　偕成社／『長崎源之助全集　第十八巻　つりばしわたれ』偕成社

古田足日「ブッとなる閣へひり大臣」――『いたずらわんぱくものがたり』一九七九年　童心社／『いたずらわんぱくものがたり』童心社

宮沢賢治「烏の北斗七星」――『イーハトヴ童話　注文の多い料理店』一九二四年　盛岡市杜陵出版部・東京光原社／『宮沢賢治コレクション2　注文の多い料理店―童話Ⅱ・劇ほか』筑摩書房

古井由吉「赤牛」――『哀原』一九七二年　文藝春秋／『哀原』文藝春秋

＊本シリーズでは、右記の各書を底本とし、原文を尊重しつつ、十代の読者にとって少しでも読みやすいよう、文字表記をあらためました。
●ふりがなは、すべての漢字に付けています。原則として底本などに付けられているふりがなは、そのまま生かし、それ以外の漢字には編集部の判断でふりがなを付しました。
●作品の一部に、今日の人権意識に照らして不当・不適切と思われる表現・語句がふくまれていますが、発表当時の時代的背景と作品の文学的価値に鑑み、原文を尊重する立場からそのままにしました。

宮川健郎（みやかわ・たけお）
一九五五年東京都生まれ。児童文学研究者。立教大学文学部日本文学科卒。同大学院修了。宮城教育大学助教授等を経て、武蔵野大学名誉教授。一般財団法人 大阪国際児童文学振興財団理事長。著書に『国語教育と現代児童文学のあいだ』『現代児童文学の語るもの』『子どもの本のはるなつあきふゆ』『物語もっと深読み教室』など、編著に『日本の文学者54人の肖像（全3巻）』など多数。

今日マチ子（きょう・まちこ）
漫画家。東京都生まれ。東京藝術大学、セツ・モードセミナー卒。二〇〇五年に第一回「ほぼ日マンガ大賞」入選。二〇一〇年に『cocoon』、二〇一三年に『アノネ、』が文化庁メディア芸術祭「審査委員会推薦作品」に選出。二〇一四年に『みつあみの神様』で手塚治虫文化賞新生賞、二〇一五年に『いちご戦争』で日本漫画家協会賞大賞を受賞。その他の作品に『みかこさん』『かみまち 上・下巻』『すずめの学校1』など多数。連載中の作品に『おりずる』『すずめの学校』など。二〇二五年夏、『cocoon』がNHKでアニメ化予定。

装丁－小沼宏之

戦争がわたしたちを見つめている
戦争文学セレクション
少年が見た戦争

二〇二五年 一 月 初版第一刷発行

編 宮川健郎
カバーイラスト 今日マチ子

発行者 三谷光
発行所 株式会社汐文社
〒102-0071
東京都千代田区富士見1-6-1
TEL 03-6862-5200
FAX 03-6862-5202
https://www.choubunsha.com

印 刷 新星社西川印刷株式会社
製 本 東京美術紙工協業組合

ISBN978-4-8113-3223-9
乱丁・落丁本はお取り替えいたします。